기억을 잃은 소녀

기억을 잃은 소년

창신강 글 ― 주수련 옮김

책담

차 례

발코니 위의 남자아이
2000년 여름

낡고 오래된 건물, 붉은 벽돌로 지어진 건물 외벽은 노란색과 흰색 칠이 뒤섞여 있었다. 이 건물은 청과물 시장 특유의 냄새가 밴 구시가와 바로 맞닿아 있었다. 이곳의 아침은 큰일이라도 벌어진 것처럼 매일매일 시끌벅적했다. 시장에 온 사람들은 저마다 생선 두 마리, 두부 한 모, 채소 반 단 따위를 사들고 장거리를 누볐다. 시장 풍경은 사람들 손에 들린 두부만큼이나 일상적이고 평범했다. 이따금 시장 한쪽에서 떠들썩한 소리가 들려 우르르 몰려가 보아도 그리 대단한 일은 없었다. 노인이 길바닥에 떨어진 푸성귀에 발이 미끄러졌다든가, 기름병을 들고 가던 여자가 병을 떨어뜨려 박살을 냈다든가 하는 게 고작이었다.

한 가지 특이한 점은 있었다. 북적대는 시장 안을 걷다 보면 누구나 한 번쯤은 구시가와 맞닿아 있는 그 건물 위쪽을 올려다보게 된다는 것이었다. 건물 위쪽에 나무 발코니가 있었는데, 이 발코니는 오른쪽으로 비스듬히 기울어져 금방이라도 무너질 것처럼 위태로워 보였다.

눈썰미가 좋은 사람이라면 발코니를 지탱하고 있는 나무판의 틈이 죄다 벌어져 있다는 것을 알 수 있었다. 또 귀가 좋은 사람이라면 오랜 세월을 견뎌온 나무 발코니의 삐걱거리는 신음 소리를 들었을 것이다.

이 발코니에 남자아이 하나가 서 있었다. 아이는 비눗방울을 불고 있었다. 작고 투명한 비눗방울이 사람들 무리 사이로 방울방울 아름답게 떨어졌다. 아이가 큰 비눗방울을 만들어 내면 비눗방울은 흔들흔들 몸을 지탱하며 거리를 향해 날아갔다. 아이는 입을 크게 벌린 채 비눗방울이 완전히 사라질 때까지 눈으로 뒤쫓았다.

그때, 건물 아래에서 다른 남자아이가 발코니 위의 아이를 큰 소리로 불러 댔다. 온 거리에 아이의 목소리가 쩌렁쩌렁 울렸다. 발코니 위의 아이만 그 소리를 듣지 못한 듯했다.

사실 아이는 듣지 못한 것이 아니라 못 들은 척하는 것이었다.

발코니 위의 아이를 불러 대던 남자아이가 휘파람을 한 번 불자 여러 명의 아이가 한데 모여 일제히 발코니를 향해 손가락질을 해 댔다. 그런데도 발코니 위의 아이는 여전히 아이들을 무시했다.

그러자 우두머리 격인 아이가 발코니를 향해 달걀 한 알을 던졌다. 달걀은 건물 벽에 맞아 노란 꽃망울을 터뜨렸다. 꽃은 순식간에 시들어 벽을 타고 흘러내렸다.

"펑('바람'이라는 뜻—옮긴이)! 너 이 자식, 내려와!"

펑은 어디서 바람이 부나 하는 얼굴로 또다시 큰 비눗방울을 불었다. 건물 밑에 모여 있던 아이들은 공중으로 날아가는 큰 비눗방울을 보고 아무거나 손에 잡히는 대로 집어 던졌다. 그러나 비눗방울은 그것들을 모두 피해 어느 나무 위로 떨어졌고 이내 사라졌다.

우두머리 남자아이는 '단('알'이라는 뜻—옮긴이)'이었다. 원래 이름이 따로 있지만 다들 '단'이라고 불렀다. 단은 세 살 때부터 쭉 까까머리였다. 초등학교 4학년 때던가 한번은 머리를 기르겠다고 고집을 부려 몇 센티미터 길러 보긴 했다. 그러나 안타깝게도 머리카락이 자라면서 머리가 가렵기 시작했다. 처음에는 꾹 참고 긁지 않았다. 하지만 밤이 되면 도저히 참지 못해 식구들이 다 깰 만큼 큰 소리로 벅벅 긁어야 했다. 다시 머리를 박박 깎고 맨머리에 햇빛을 쐬어 주자 가려움증이 멈췄다. 단은 또 하나 이상한 버릇이 있었다. 주머니에 항상 날달걀을 넣고 다니다가 머리에 무언가가 묻거나 생채기가 나면 달걀을 깨서 머리에 발랐다. 그러니 사람들은 단의 얼굴을 보면 달걀을 떠올리지 않을 수 없었다. '이창청'이라는 본래 이름을 부르는 사람은 거의 없었다.

"펑, 너 당장 내려오라고!"

단이 고래고래 소리를 질렀다.

그때까지 들은 척도 않던 펑은 비눗방울 놀이를 멈추더니 갑자기 단을 향해 물총을 들었다. 단이 당황한 사이 물총은 거침없이 비눗물을 뿜었다. 단 주위에 있던 아이들은 재빨리 도망가고 단 혼자만 버티고 서서 비눗물을 맞았다. 비눗물은 그대로 단의 맨머리를 적셨다. 그러나 단은 고개를 처들고 호기롭게 외쳤다.

"그렇게 자신 있으면 어디 내려와 보시지!"

펑은 무표정한 얼굴로 단을 내려다보았다. 마치 무슨 일이 일어날지 기다리는 사람처럼……

십여 초 후 단이 머리를 긁기 시작했다. 단은 달걀을 꺼내 바르려고 주머니에 손을 넣었다. 하지만 달걀은 이미 벽으로 날아가 버린 뒤였다. 펑은 그 사실을 알고 물총을 쏜 것이었다.

달아났던 남자아이들이 다시 몰려왔다. 단은 가려워 어쩔 줄 몰라 하며 머리를 긁어 댔다. 가까이 다가가 보니 단의 까까머리에는 붉은 반점이 돋아 있고 이상한 냄새까지 풍겼다.

펑은 이미 발코니에서 자취를 감춘 뒤였다.

단의 가려움증은 좀처럼 수그러들지 않았다. 허겁지겁 집으로 돌아가 머리에 날달걀을 두 개나 발랐지만 소용이 없었다. 결국 단은 울음을 터뜨리고 말았다. 병원까지 가서 서너 가지 약을 받아와 발랐는데도 효과가 없었다. 가려움증은 며칠이 지나서야 간신히 가라앉았다.

며칠 뒤 평과 단은 구시가에서 우연히 마주쳤다. 평은 껌을 씹고 있다가 단을 보자 씹는 것을 멈추고 경계하는 눈빛을 보냈다. 단도 평 앞으로 다가와 도전적인 눈빛으로 상대를 노려보았다. 잠시 침묵이 흐른 뒤 평은 다시 껌을 씹기 시작했다. 마치 곧 있을 전투를 위해 탄약을 장전하는 것 같았다.

"너, 껌 씹는 꼴 진짜 재수 없어!"

단이 칼을 뽑듯 입을 열었다.

"난 네 대머리가 역겨워 죽겠어!"

평의 말을 듣자 단은 갑자기 뒤통수가 가려웠다.

평은 이미 싸울 준비가 다 되어 있었다. 껌을 손바닥에 뱉었다.

단이 다시 입을 열었다.

"먼저 한 가지만 물어보고, 그런 다음 네 이를 부러뜨려 주마!"

"뭔데?"

"그날 네가 물총으로 쏜 게 비눗물 맞아?"

순간 평은 웃음이 나왔다. 손바닥 위에 뱉어 놓았던 껌을 도로 입속에 넣었다.

"말해 주지. 비눗물 말고도 내 오줌이 섞여 있었어. 됐냐?"

그런데 단은 그 말을 듣고 도리어 차갑게 웃었다.

"역시 넌 나보다 고약한 놈이야."

평은 단의 얼굴에 껌을 튀 뱉더니 싸울 자세를 취했다.

그러나 단은 한 발짝 물러서며 말했다.

"오늘은 더 이상 싸울 생각이 없다! 이미 내가 이긴 거니까!"

단은 말을 마치기가 무섭게 줄행랑을 쳤다. 그러면서 묘한 표정으로 펑을 돌아보았다.

2000년 이느 여름날 아침, 시장에 못 보던 노인이 한 명 나타났다. 그는 두부 한 모가 담긴 비닐봉지를 들고, 사람들과 마주치면 반갑게 인사를 했다. 사람들은 그 노인이 어딘가 낯이 익은데도 선뜻 알은체를 하지 못했다. 그 노인이 자신을 '라오더우푸('라오'는 친근감이나 존중의 뜻을 나타내는 접두어이고, '더우푸'는 '두부'라는 뜻─옮긴이)'라고 소개한 뒤에야 사람들은 팔 년 동안 중풍으로 몸져누웠던 라오더우푸를 기억해 냈다. 라오더우푸의 머리는 비닐봉지 속의 두부보다 더 하얗게 세어 있었다. 그는 여전히 두부를 좋아했다. 만일 이 세상에 두부가 없었다면 이미 중풍으로 저세상에 갔을 것이라고 말하곤 했다.

라오더우푸는 무심코 그 오래된 건물의 나무 발코니 위를 올려다보다가 그만 돌처럼 굳어 버리고 말았다. 들고 있던 비닐봉지를 땅에 떨어뜨리고 턱을 부들부들 떨기 시작했다. 그는 손가락으로 발코니를 가리키다가 다리에 힘이 풀려 주저앉고 말았다.

라오더우푸가 가리킨 것은 펑이었다. 나무 발코니에 선 펑은 그날도 비눗방울 놀이를 하고 있었다. 그날은 라오더우푸가 팔 년 만에 처음 거리로 나온 날이었다.

'저 아이는 어째서 그동안 하나도 자라지 않았지? 팔 년 전에 열 살이었다. 그러니 지금은 열여덟 살이 되어 있어야 하지 않은가. 그런데 아직도 열 살 때와 똑같은 모습이다!'

라오더우푸는 너무나 혼란스러워 정신을 차릴 수가 없었다. 머릿속이 윙윙거리고 머리에서 불똥이 튀는 것만 같았다

그날 밤, 라오더우푸는 한 마디 말도 없이 일찍 잠자리에 들었다. 가족들이 어디 편찮으시냐고 물어보자 겨우 입을 열어 한마디 했다.

"내가 앓아누운 지 정말 팔 년 된 것 맞느냐?"

아들이 대답했다.

"아버지, 뜬금없이 무슨 말씀이세요? 저랑 집사람이랑 국영기업에 다니다가 아버지 병간호한다고 둘 다 직장도 그만두고 매일같이 달려왔잖아요. 팔 년하고도 나흘을 꼬박 말이에요. 그런데 저희가 기억을 못하겠어요?"

"그럼 너희들 발코니 위의 사내아이를 보았냐?"

"무슨 아이요? 아버지, 대체 뭘 보신 거예요?"

"아니, 너희는 나무 발코니에 서 있던 사내아이를 못 봤다는 거냐?"

며느리가 아들에게 속삭였다.

"어쩌면 좋아. 아버님 치매 있으신 것 아닐까?"

"치매에 걸린 건 네놈들이야!"

라오더우푸는 답답함을 이기지 못해 침상을 내리쳤다.

1992년 여름, 라오더우푸는 시장에 갔다가 나무 발코니가 있는 건물 아래를 지나가게 되었다. 별안간 위에서 물이 떨어졌다. 고개를 들어 보니 열 살 난 펑이 3층 나무 발코니에 서서 아랫도리를 내놓고 오줌을 누고 있었다. 라오더우푸는 화가 나 발코니 쪽을 향해 고함을 질렀고 길 가던 사람들이 그를 쳐다보았다. 그런데 2000년 여름, 그때와 똑같은 모습의 펑을 또다시 보게 된 것이었다.

이튿날, 라오더우푸는 꼭두새벽부터 시장에 나왔다. 몇몇 노점은 문을 열기도 전이었다. 그는 서둘러 나무 발코니가 있는 건물 아래로 갔다. 한참을 기다리자 발코니 위에 한 아주머니가 나타났다. 아주머니는 막 빨래를 널려던 참이었다. 라오더우푸는 때를 놓칠세라 큰 소리로 물었다.

"거, 댁은 아들이 몇이오?"

아주머니가 '저 말인가요?' 하고 묻는 듯 손가락으로 자신을 가리켰다.

"그래요, 아들이 몇이나 있으시오?"

라오더우푸가 다시 물었다.

"한 명이요."

"그 애 이름이 뭡니까?"

아주머니는 들고 있던 젖은 옷가지들을 바닥에 내려놓았다. 얼굴에 불안한 기색이 감돌았다.

라오더우푸는 건물 아래에서 목을 길게 빼고 재차 물었다.

"그 애가 '펑'이오?"

"네, 맞아요. 펑이에요."

"펑은 올해 몇 살이오?"

긴장한 라오더우푸의 두 다리가 바들바들 떨렸다.

"열 살이에요."

아주머니는 말을 마치고는 바닥에 내려놓았던 옷들을 챙겨 집 안으로 들어갔다. 한참 뒤 다시 발코니로 나와 보니 라오더우푸는 그때까지 건물 아래에 멍하니 서 있었다. 입을 반쯤 벌린 채 정신이 나간 사람처럼 위를 바라보면서…….

아주머니는 몸을 아래로 내밀고 물었다.

"할아버님, 괜찮으세요?"

노인은 두 다리가 뻣뻣해진 채 몸을 흔들더니 마침내 버티지 못하고 뒤로 쓰러졌다.

그렇게 해서 라오더우푸는 또다시 자리에 몸져눕게 되었다. 자리에 누워서도 그는 같은 말만 계속 중얼거렸다.

"펑, 펑……."

아들은 바람이 들어온다는 줄 알고 가서 창문을 닫았다. 하지만 노인은 여전히 "펑, 펑……."을 되풀이했다.

"아버지, 창문 꼭 닫았어요. 무슨 바람이 들어온다고 그러세요. 한여름에 문이며 창이며 죄다 닫아 놓으니 집 안이 온통 찜통이잖아요."

그때 아내가 말했다.

"아니야, 여보. 아버님이 말씀하시는 '펑'은 사람 이름인 것 같아."

그제야 아들은 답답한 마음이 조금 풀렸다.

"펑이 사람이면 우리가 직접 찾아가면 되잖아!"

마침내 라오더우푸의 아들은 펑이라는 아이가 구시가에 있는 오래된 건물에 산다는 것을 알아냈다. 아주머니의 허락을 받아 집 안으로 발을 들이민 순간 털이 짧은 검은 개 한 마리가 눈에 띄었다. 개가 아니라 굶주린 잡종 고양이 같았다. 개는 낯선 사람을 보고 벌떡 일어나 누런 이빨을 드러냈다. 당황한 라오더우푸의 아들은 식은땀이 나고 머릿속이 하얘졌다. 마음이 진정되고 나서 찬찬히 보니 개의 오른쪽 다리에 쇠사슬이 묶여 있었다. 쇠사슬에 묶여 있다는 것은 이 개가 어떤 성격인지, 어떤 과거가 있는지를 암시해 주는 것이었다. 뿐만 아니라 이 개는 커다란 머리에 어울리지 않게 몸집이 조그마했다. 마치 조물주의 심기가 몹시 불편했던 날 만들어진 것 같았다.

아주머니가 "펑!" 하고 부르자 안쪽에서 방문이 살며시 열렸다. 구릿빛 문 뒤에 펑이 서 있었다. 펑을 본 라오더우푸의 아들은 검은 개를 보았을 때보다 더 놀라 온몸이 굳어졌다.

그는 아주머니, 그러니까 펑의 엄마에게 물었다.

"저 아이……, 몇 살이죠?"

"열 살이요. 조금 전에 말씀드렸잖아요."

펑의 엄마가 대답했다.

"근데 왠지 열 살같이 보이지가 않네요. 여덟 살? 아니, 열다섯? 열여섯? 정말 열 살 맞나요?"

라우더우푸의 아들은 갑자기 눈앞이 흐릿해지는 것 같았다.

그때 펑이 물었다.

"엄마, 왜 부르셨어요? 제가 뭐 잘못했나요?"

펑의 엄마는 손님을 바라보았다. 라오더우푸의 아들은 아직도 당황해서 어쩔 줄 모르는 표정이었다. 엄마는 펑에게로 눈길을 돌리며 물었다.

"우리 아들, 뭐 잘못한 것 있니?"

"아저씨 아버지가 널 만나고 싶어 하신단다."

라오더우푸의 아들은 자신도 모르게 현관 쪽으로 뒷걸음질 쳤다. 두려움으로 심장이 쿵쾅쿵쾅 뛰고 내장이 밖으로 튀어나올 것만 같았다. 펑이 웃음을 터뜨리자 검은 개도 주인의 눈치를 살피며 덩달아 짖기 시작했다. 라오더우푸의 아들은 문턱에 걸려 털썩 주저앉고 말았다.

"아저씨 아버지가 왜 절 만나자고 하시는데요?"

펑이 물었다.

라오더우푸의 아들은 바닥에 주저앉은 채로 대답했다.

"네가 아저씨 아버지를 만나면 정신이 좀 돌아오실까 해서."

펑은 기분이 좋은 듯 활짝 웃었다.

"그럼 제가 아주 중요한 역할을 하는 거네요!"

식탁 밑에서 왔다 갔다 하던 검은 개도 꼬리를 흔들며 웅얼거렸다. 마치 알아듣기 힘든 외국어를 하는 듯했다. 꼬리는 마치 사람을 때리는 몽둥이처럼 보였다.

잠시 후, 펑은 라오더우푸의 아들을 따라 길을 나섰다. 그런데 라오더우푸의 아들은 걷는 자세가 좀 이상했다. 마치 수영을 하는 것처럼, 거센 물살을 헤치고 나아가듯 간신히 걸음을 떼어 놓고 있었다.

"아저씨는 삼십 년 넘게 이렇게 걸으셨어요?"

라오더우푸의 아들도 발걸음을 멈췄다.

"아니. 오늘은 뭔가 이상하구나. 다리가 휘청휘청한 것이 꼭 바람에 나부끼는 느낌이야."

"좋네요. 나부낀다는 건 하늘을 나는 거랑 비슷한 거잖아요!"

라오더우푸의 아들을 따라 온 펑은 라오더우푸가 누워 있는 침상 곁으로 다가갔다. 라오더우푸는 마침 잠이 들어 있었다. 라오더우푸의 아들이 물었다.

"너 아저씨 아버지를 아니?"

"이 분이에요? 네, 저 이 분 알아요!"

"역시 아는 사이였구나!"

"어제 뵀었는데 어떻게 기억을 못 하겠어요?"

"어제?"

라오더우푸의 아들은 다시 한 번 놀랐다.

"잠깐만, 어제라고? 아버지는 팔 년 전이라고 하시던데. 아저씨 아버지는 팔 년 전에 너를 알게 되었다고 하셨어."

"아저씨는 제가 어제 일과 팔 년 전 일도 구별 못 한다고 생각하시는 거예요?"

펑은 뾰로통한 얼굴이 되었다.

"제가 올해 열 살인데 팔 년 전이면 몇 살이겠어요?"

"두 살."

"그거 보세요. 아저씨도 바보는 아니네요."

이때, 식탁 위에 놓인 수박이 펑의 눈에 들어왔다. 냉장고에서 막 꺼낸 듯 껍질에 물기가 서려 있었다. 펑은 짐짓 모른 척하며 물었다.

"날씨가 무척 덥네. 아저씨 댁에 뭐 시원한 것 없어요?"

라오더우푸의 아들은 펑에게 찬물을 한 컵 따라 주었다. 그러나 펑은 시큰둥하게 말했다.

"안 시원해요. 요즘 같은 때에 이런 걸로 되나요?"

결국 라오더우푸의 아들은 수박을 잘랐다. 펑이 수박을 먹는 모습은 차마 눈뜨고 보기 민망할 지경이었다. 씨도 뱉지 않고 게걸스럽게 먹어 치우는 모습이 열 살짜리 아이가 아니라 열여덟의 청년 같았다. 펑이 식탁 앞에 앉아 수박을 먹어 치우는 동안 라오더우푸의 아들은 아내에게 물었다.

"이 수박 몇 근짜리야?"

아내가 대답했다.

"12근 6량(약 4.7kg—옮긴이)."

아들은 재빨리 속삭였다.

"얼른 가서 아비지 깨워. 이 녀석이 수박 껍질까지 다 먹어 치우기 전에."

한 조각도 안 남기고 수박을 몽땅 먹어 치운 펑은 수박 껍질로 얼굴을 닦았다.

잠이 깬 라오더우푸는 차가운 수박이 먹고 싶다고 말했다. 수박은 이미 펑이 먹어 치우고 없었다. 아들은 남은 수박 껍질을 들고 와 우물쭈물 냄새만 풍긴 후, 나지막한 목소리로 펑이라는 아이를 데려왔다고 말했다. 그 말을 들은 라오더우푸는 별안간 자리에서 벌떡 일어나 앉아 두리번거렸다.

"어디에 있니?"

펑은 식탁 앞에서 입을 닦고 있었다.

라오더우푸가 펑을 불렀다.

"이리 오려무나."

펑은 느릿느릿 라오더우푸의 침상 앞으로 다가갔다.

"왜 그러는데요?"

"네가 펑이냐?"

라오더우푸의 물음에 펑은 고개를 끄덕였다.

"팔 년 전 여름, 나는 구시가 시장에서 쌀 한 포대를 사서 자전거 뒤에 싣고 있었어. 그때 바로 네가 나타나 쌀 포대에 몰래 구멍을 뚫었지. 집에 도착해 보니 쌀이 죄다 새 버려 빈 포대만 남아 있더구나."

지난 일을 생각하니 새삼 분이 치민 듯 라오더우푸는 백발이 부들부들 떨리기 시작했다. 그때 라오더우푸의 아들이 아버지의 말을 끊었다.

"아버지, 잠깐만요. 사람을 잘못 보신 것 같아요. 팔 년 전에 이 아이는 겨우 두 살이었어요. 두 살 먹은 아이가 어떻게 자전거 위에 있는 쌀 포대에 구멍을 뚫겠어요?"

그러나 라오더우푸는 손을 뻗어 아들의 말을 막았다.

"내 말이 끝날 때까지 기다려라."

그는 다시 펑의 얼굴을 뚫어져라 주시하다가 손가락으로 펑을 가리키며 말을 이었다.

"뿐만 아니라 내가 다시 쌀을 사서 자전거에 싣자 너는 또 내 쌀 포대에 구멍을 뚫었다. 그날 하루 동안 너는 열세 명이나 되는 사람들의 쌀 포대에 그런 짓을 했더구나."

펑은 다른 사람을 찾는 듯 뒤를 한번 돌아보고는 물었다.

"누구 말씀하시는 거예요?"

"바로 너 말이다!"

라오더우푸는 참지 못하고 손가락으로 펑의 코끝을 찔렀다.

라오더우푸의 아들이 놀라 외쳤다.

"아버지, 애한테 손찌검하시면 안 돼요! 이제 겨우 열 살밖에 안 된 어린애잖아요!"

라오더우푸도 고함을 쳤다.

"아니야! 애는 지금 열여덟 살이야!"

라오더우푸의 아들은 급히 아내를 돌아보았다.

"당장 가서 시원한 수박 한 통 사 와. 아버지 또 오락가락하신다."

펑은 라오더우푸의 집을 빠져나왔다. 입안에 있던 수박씨 한 알을 공중으로 힘껏 내뿜었다. 라오더우푸가 말하는 펑이 대체 누구인지 펑도 알 수 없었다. 그저 배가 부르고 그 집 수박이 정말 맛있었다는 것 외에는 아무 생각도 나지 않았다.

악동 펑과 나이트
1992년 여름

청과물 재래시장 특유의 채소 썩는 냄새에 펑은 곧잘 흥분하곤 했다. 이 냄새를 맡으면 장난치고 싶어 좀이 쑤셨다. 펑은 여느 남자 아이들처럼 못된 짓을 하고 혼이 날까 겁내는 아이가 아니었다. 시장에 들어서기가 무섭게 펑은 열 손가락이 근질거리고 청개구리처럼 흥분해 여기저기 기웃거리고 다녔다. 두 손은 좌판에서 잠시도 가만히 있지 않고 토마토를 터뜨리거나 멜론을 쑤셔 댔고, 멜론즙이 묻은 손가락을 쪽쪽 핥아 먹기도 했다. 포도를 파는 귀 노인은 시장에 펑의 모습이 보이기만 해도 심장이 벌렁거렸다. 때마침 펑은 포도가 먹고 싶던 참이었다. 헤실헤실 웃으며 귀 노인 앞, 아니 포도 앞으로 다가갔다. 이 무렵, 낡은 건물 나무 발코니 위에서는 펑의 털북숭이 검은 개 '나이트'가 자기 주인을 바라보고 있었다.

나이트가 가늘고 긴 네 발로 발코니 위에 서니, 긴 털을 늘어뜨린 큰 머리가 발코니 위로 툭 튀어나왔다. 나이트는 매일 이 시간이면 수업을 마치고 돌아오는 펑을 기다렸다. 나이트는 주인을 닮아 먹성이 좋았다. 종일 먹어도 양이 차지 않았다. 그래서 하루도 빠짐없이 거리로 나가 먹을 것을 뒤지고 다녔다. 나이트가 가장 좋아하는 것은 숯불에 구운 훈제 소시지였다.

한번은 나이트가 발코니에 서 있는데 북서쪽에서 부는 바람을 타고 소시지 냄새가 풍겨 왔다. 그쪽에는 바로 '추린(하얼빈의 대표 식품 제조업체 중 하나. 하얼빈의 특산품인 중국식 소시지로 유명하다—옮긴이)'이 있었다. 냄새를 맡은 나이트는 그 길로 곧장 달려 나가 그물처럼 복잡한 시내를 뚫고 훈제 소시지가 있는 곳을 찾아냈다. 지하에 있는 큰 작업장이었다. 냄새에 도취된 나이트는 그 작업장 문 앞에 쪼그리고 앉아 눈물과 침을 줄줄 흘렸다. 그 문은 나이트에게 천국 문과도 같았다.

발코니에서 펑을 향해 꼬리를 흔들고 있는 나이트의 머릿속에는 오직 한 가지 생각밖에 없었다.

'펑, 뱃가죽이 아예 등에 붙었다고.'

포도 좌판 앞에 선 펑은 손을 뻗어 신선하고 탐스러운 포도송이를 어루만졌다. 아까부터 신경을 곤두세우고 있던 궈 노인이 부채로 펑의 손을 얼른 밀어냈다.

"보는 것도 안 돼요?"

펑이 투덜거렸다.

"넌 물건 볼 때 손으로 보냐?"

펑은 대꾸도 하지 않은 채 넋을 놓고 포도송이를 바라보기 시작했다. 포도송이 가운데 유난히 검붉고 짙은 보라색을 띤 큰 포도알이 있었다. 꼴깍 침이 넘어갔다.

"요 녀석아, 다른 손님들 방해하지 말고 저리 가!"

궈 노인은 부채를 휘둘러 펑을 쫓아냈다.

펑은 천연덕스럽게 호주머니를 뒤졌다. 한 푼이라도 나오면 먹음직스러운 포도알을 달라고 할 생각이었다. 하지만 주머니에는 동전 한 푼 없고 종이 부스러기만 잔뜩 들어 있었다. 아빠는 펑에게 돈 아낄 줄 모른다고 늘 잔소리를 했다.

"얼른 가라니까."

"저 이 포도알 살 거예요! 여기 돈이요!"

펑은 주머니에서 종이 부스러기를 한 줌 꺼내 내밀었다. 궈 노인이 그 속에서 돈을 찾는 사이에 펑은 포도알을 입속에 넣고 달아났다.

종이 부스러기 속에서 나온 거라곤 하얀색 바탕에 붉은 줄이 두 개 그어진 중대장 배지(중국 초등학교 소년선봉대 중대위원회의 표식으로, 학급 임원을 나타낸다—옮긴이)뿐이었다.

궈 노인의 고함 소리가 시장 바닥을 울렸다.

"펑! 네 녀석이 그러고도 학급 임원이냐! 임원은 무슨?"

궈 노인은 고래고래 소리를 지르더니 펑의 중대장 배지를 자신의 모자에 꽂았다.

나무 발코니에 서 있던 나이트는 주인의 중대장 배지가 다른 사람의 모자에 꽂히는 것을 보고 큰 소리로 컹컹 짖어 댔다. 포도알을 다 먹고 입속에서 씨를 굴리고 있던 펑은 나이트가 짖는 소리를 듣고 고개를 들었다. 나이트가 자신의 활약을 보고 환호성을 지르는 거라 생각한 펑은 발코니를 향해 손을 흔들어 주었다.

펑이 문을 열고 들어오자 나이트는 화가 나서 거칠게 달려들었다. 그깟 포도알 하나를 먹자고 학급 임원의 명예를 내던지다니, 더구나 당사자는 그 사실을 알아채지도 못하고 있었다.

나이트가 일어서면 펑보다 머리 하나 반이 더 컸다. 나이트는 앞발로 펑의 어깨를 짓누르고 펑의 얼굴에 커다란 주둥이를 바짝 들이밀면서 자신의 뜻을 전달했다.

펑은 나이트를 밀어내며 살짝 발로 걷어찼다.

"아파. 그리고 입 좀 다물어. 너 때문에 아무 소리도 안 들리잖아!"

그러자 화가 머리끝까지 난 나이트는 펑의 신발 끈을 물고 발코니 쪽으로 끌었다.

"왜 그래?"

나이트에게 끌려 발코니로 온 펑은 그제야 자신의 중대장 배지가 귀 노인의 모자에 꽂혀 있는 것을 보았다.

"저것 때문이었어? 상관없어. 또 하나 사면 돼. 배지야 아무 데서나 팔아."

평은 나이트의 이마를 톡 치고는 안으로 들어가 선풍기를 켰다. 그러나 나이트는 곧바로 다시 평의 옷깃을 잡아당겼다.

"나 피곤해!"

평이 소리쳤다. 나이트는 평 앞에 앉아 고개를 한쪽으로 기울이며 애걸하는 표정을 지었다.

"또 뭐 때문에 그래?"

나이트는 벌떡 일어나 한 발로 문을 긁었다.

"얼른 다녀와야 돼."

평이 문을 열어 주자 나이트는 우당탕 소리와 함께 쏜살같이 달려 나갔다. 건물은 곧 잠잠해졌다. 평은 왠지 마음이 놓이지 않아 방 안을 왔다 갔다 했다. 뭔가 중요한 일을 하려는 듯 뛰쳐나간 나이트가 자꾸 마음에 걸렸다. 발코니로 나가 보았다.

해 질 무렵의 북적거리는 시장 풍경이 평의 눈에 들어왔다. 평은 배부르게 먹고 난 다음에는 이렇게 발코니에서 밖을 내다보는 것이 좋았다. 교실에서 수업을 하는 것보다는 시끌벅적한 광경을 볼 때 훨씬 더 마음 편했다. 그때, 평은 사람들 사이에서 나이트를 발견했다. 나이트는 시장 한편에 있는 광고판 아래에 앉아 꼼짝도 하지 않고 한 곳을 뚫어져라 바라보고 있었다.

'저 녀석이 대체 뭘 하려는 거지? 아무래도 무언가 중대한 일을 벌일 낌새인데.'

순간 정신이 번쩍 든 평은 얼른 귀 노인의 모자를 보았다. 자신의 중대장 배지가 아직도 그곳에 매달려 있었다. 좋지 않은 예감이 펑의 머리를 스치고 지나갔다. 배지에는 날카로운 핀이 달려 있었다. 만약 나이트가 무모한 짓을 저지른다면? 배지를 덥석 물다가 그 날카로운 핀에 찔려 혀나 이를 다칠 수도 있었다. 여기까지 생각이 미친 펑은 온 힘을 다해 소리를 질렀다.

"나이트!"

나이트의 두 귀가 쫑긋 섰다. 나이트는 펑의 고함 소리를 자신을 응원하는 신호로 알아들었다. 그러고는 먹잇감을 덮치려는 표범처럼 살금살금 모자를 향해 접근했다.

이젠 더 이상 나이트를 말릴 방법이 없었다. 나이트의 무한 질주를 잠자코 지켜보는 수밖에는.

마침내 나이트가 하늘 높이 뛰어올랐다. 공중에 떠 있는 순간이 마치 슬로 모션 같았다. 시장 사람들은 모두 넋 나간 표정으로 고개를 들어 개를 바라보았다. 나이트가 땅에 착지했을 때는 이미 귀 노인의 모자챙이 입에 물려 있었다. 사람들은 입이 떡 벌어졌다. 그사이 나이트는 모자를 단단히 물고 유유히 시장을 떠났다.

펑은 개선장군을 맞이하듯 문을 활짝 열고 나이트를 맞았다. 그런 다음 나이트의 입에서 귀 노인의 모자를 받아 중대장 배지를 떼어 냈다. 그러고는 발코니로 나가 크게 한번 소리를 지른 다음 모자를 우주선처럼 날려 버렸다.

나이트에게는 추린 소시지를 상으로 주었다. 나이트는 매우 품위 있는 자세로 다소곳하게 소시지를 한번 핥고는 고개를 들어 펑을 바라보았다.

"이제야 알겠어. 네가 내 중대장 배지를 찾아온 게 얼마나 중요한 일인지. 네가 그걸 찾아오지 않았더라면 귀 할아버지가 매일 내 배지를 달고 다니면서 온 시장 사람들에게 말하고 다녔겠지. 내가 자기 집 포도를 훔쳐 먹었다고 말이야."

나이트는 잠시 먹는 것도 잊고 펑을 바라보았다. 주인에게 인정을 받은 것에 감격한 눈빛이었다.

"점잔 그만 빼고 어서 먹어. 다 먹으면 하나 더 줄게. 오늘은 특별 공로상이야."

나이트는 펑의 말을 얼른 알아듣고 한입에 소시지를 먹어 치웠다. 그런 다음 목을 길게 빼고는 분홍색 혀를 내밀어 연신 입맛을 다셨다. 간절한 눈빛으로 펑을 재촉하는 그 모습은 누가 봐도 두 번째 소시지를 기다리고 있다는 뜻이었다.

펑은 냉장고에서 소시지 하나를 더 꺼내 나이트의 입에 넣어 주었다. 나이트는 소시지를 물고 펑의 침대 밑으로 들어갔다.

잠시 후, 펑의 엄마가 퇴근해 집으로 돌아왔다. 고급 향수 냄새가 금세 온 집 안에 퍼졌다. 서른 살가량 된 펑의 엄마는 유명한 부티크를 운영하고 있었고 수입도 꽤 많았다. 피부도 다른 사람들보다 유난히 희고 맑았는데, 이 지역에서 가장 비싼 미용실에서 매주 받는 피부 관리 덕분이었다. 헤어스타일 또한 흠 잡을 데가 없었다. 이제 막

무대에서 내려와 또 다른 무대에 오를 준비를 하는 배우 같았다.

"나이트가 안 보이네."

펑이 엄마의 말에 대답하기도 전에 침대 밑에 있던 나이트가 온 집 안이 울릴 만큼 크게 재채기를 했다. 나이트는 엄마의 향수 냄새만 맡으면 콧속이 간질간질했다. 콧구멍을 몇 번이나 움찔움찔하다 결국 재채기가 터지면 엄청난 콧물을 뿜어 대곤 했다. 나이트는 재채기를 연달아 예닐곱 번 하고는 눈물과 콧물이 범벅된 채 침대 밑에서 나왔다.

엄마는 털이 엉망이 된 채 온몸에서 시큼시큼한 냄새를 풍기고 있는 나이트를 보고는 기겁을 했다. 나이트의 길고 반질거리던 검은 털은 잡초 더미처럼 헝클어져 있었다. 게다가 그 몰골을 하고 엄마 앞에서 등을 활처럼 구부린 채 또다시 재채기를 몇 번 해 댔다.

"저리 가, 이 녀석아."

엄마는 한 발짝 뒤로 물러섰다.

"이 녀석 어디서 쓰레기통을 뒤지다 온 거니, 아니면 똥통에라도 빠진 거니? 목욕부터 시켜라, 얼른!"

펑은 나이트를 욕실로 데리고 가 몸에 물을 적신 다음 샴푸를 묻혔다. 하얀 거품이 나이트의 온몸을 감쌌다. 그러나 엄마에게 잔뜩 화가 난 나이트는 펑의 손을 빠져나와 우당탕 소리를 내며 욕실에서 뛰쳐나갔다. 그러고는 거실에 떡 버티고 서서 엄마를 향해 큰 소리로 짖어 대기 시작했다.

"이 녀석이 왜 이래?"

놀란 엄마는 펑에게 다가갔다.

"쟤 왜 저러니? 나한테 무슨 할 말이라도 있는 것처럼."

"나이트가 모욕감을 느낀 것 같아요."

"아니, 개가 무슨 모욕감을 느껴?"

"아니에요. 나이트는 분명 큰 모욕감을 느낀 거라고요!"

엄마는 다시 거실 쪽을 돌아보고는 낯빛을 바꾸어 부드러운 목소리로 나이트를 불렀다.

"나이트, 이리 온. 엄마가 씻겨 줄게."

그제야 나이트는 기분이 풀려 꼬리를 흔들면서 욕실로 들어갔다.

엄마가 나이트를 씻기며 물었다.

"나이트, 기분 좋니?"

두 눈을 지그시 감은 나이트는 몹시 편안하고 아늑해 보였다.

삼십 분 후, 나이트는 말끔하게 빗질한 모습으로 화장실에서 나왔다. 그러고는 곧장 발코니로 걸어가 아직 물기가 있는 털을 바람에 말렸다. 거리를 굽어보며 자신의 존재감을 다시 한 번 되새겼다.

펑이 발코니를 향해 외쳤다.

"나이트! 폼 그만 잡고 얼른 이리 와!"

나이트의 단식 투쟁
2000년 여름

아무런 근심 걱정 없는 평온한 날들이 이어졌다. 평과 나이트는 여전히 누구의 눈치도 보지 않고 자유로운 나날을 보냈다. 그렇다고 해서 마냥 즐겁지만은 않았다. 세상이 너무 좁고 답답하게 느껴졌다. 나이트는 무표정한 얼굴로 집 안을 어슬렁거리는 평을 보면서 주인의 기분이 공허하다는 것을 알아챘다. 그 기분이 고스란히 전해져 나이트 역시 깊은 공허감을 느꼈다.

평은 툭하면 나이트에게 짜증을 부렸다.

"또 뭐라고 식식거리는 거야? 하루 종일 시근덕시근덕 이상한 소리만 내고!"

그럴 때면 나이트는 두 눈에 눈물을 가득 머금은 채 고개만 갸우뚱거렸다. 몸을 움직이면 발에 묶여 있는 쇠사슬이 쩔렁쩔렁 소리를 냈기 때문이다.

어느 날, 펑은 책꽂이 맨 아래 칸에서 크고 작은 사진첩들을 꺼내 들춰 보았다. 귀엽고 우스꽝스러운 추억이 담긴 사진들이 쏟아져 나왔다. 펑과 나이트가 오래전 함께 찍은 사진도 있었다. 그 사진을 본 순간 펑의 마음은 더욱 심란해졌다.

사진 속에 찍힌 날짜는 1992년 6월이었다. 나이트는 품위 있고 당당한 자세로 바닥에 앉아 있었고 펑은 그 옆에 서 있었다. 길고 우아한 털을 늘어뜨린 나이트의 머리 위에 펑의 모자가 씌워져 있었다.

펑은 그 사진을 나이트 앞에 내던지며 말했다.

"자, 너도 한번 봐. 예전의 우리 나이트가 어땠는지. 너랑 같은 이름을 가진 그 개가 네 모습이랑 얼마나 다른지 한번 보라고!"

나이트는 바닥에 내던져진 사진을 한 발로 짚었다. 사진 속 나이트는 의기양양한 얼굴로 환하게 웃고 있었다. 나이트는 원망스러운 눈길로 펑을 바라보았다. 그 눈빛은 이렇게 말하고 있었다.

"내가 뭐 어떻다는 거야?"

"네 모습이 어떤지 아직도 모르겠어?"

펑은 비웃듯이 말하고 사진을 줍기 위해 허리를 구부렸다. 나이트는 사진을 앞발로 붙들고 놓지 않았다.

"뭐 해? 발 들어!"

나이트는 주인의 뜻을 거역하지 못하고 순순히 앞발을 들었다. 나이트가 기분 나빠 하는 것을 알아챈 펑은 욕실로 들어가 거울을 가지고 나왔다. 그리고 나이트의 눈앞에 거울을 바짝 들이댔다.

"자, 네 눈으로 똑똑히 봐. 부끄러운 줄 알아야지. 사진 속 나이트랑 비교해 보면 넌 꼭 난쟁이 같아. 털은 불에 그슬린 것처럼 짧고, 이 다리 좀 봐. 이게 다리라고 있는 거야? 어떤 때는 바닥에 붙은 네 뱃가죽만 보이고 다리가 어디 숨어 있는지 찾을 수가 없어. 무슨 파충류도 아니고 말이야! 눈은 또 어떻고. 그래, 그저 먹을 것밖에 안 보이는 그 두 눈. 식탐만 가득한 네 천박한 꼬락서니 좀 제대로 들여다보라고. 너 때문에 정말 창피해 죽겠어!"

나이트는 더 이상 참지 못하고 큰 소리로 울부짖었다. 분노와 슬픔이 가득한 목소리였다. 그러고도 분이 풀리지 않은지 다리에 쇠사슬을 매단 채 식탁 위로 뛰어올랐다. 나이트는 정말 화가 나 있었다. 펑의 조롱 섞인 말을 더 이상 가만히 듣고 있을 수 없었다. 그러나 펑은 불 난 곳에 기름을 끼얹을 작정인 듯했다.

"당장 내려와!"

펑이 명령했다.

나이트는 펑을 똑바로 쳐다보며 한 번 더 큰 소리로 짖었다.

"엄마가 매어 놓은 사슬이 이렇게 긴 줄 몰랐네. 식탁 위까지 올라갈 수 있다니. 아무래도 사슬을 더 짧게 줄여야겠어. 반경 이십오 센티미터 이상은 절대 못 움직일 줄 알아!"

나이트는 연거푸 짖어 대며 머리를 좌우로 흔들었다.

"당장 내려오지 못해!"

펑이 다그치는데도 나이트는 얼굴을 잔뜩 찌푸린 채 조각상처럼 식탁 위에 버티고 서 있었다. 눈물이 흘러내리자 나이트는 얼른 천장을 쳐다보았다. 안타깝게도 펑은 나이트가 눈물을 흘리는 것을 알아채지 못했다. 도리어 화가 머리끝까지 나 책가방을 뒤져 리코더를 꺼내 나이트의 얼굴을 가리키며 말했다.

"내가 널 어떻게 할 생각인지 알아? 보신탕 가게에 팔아서 개고기 한 냄비가 되게 할 거야! 아니지, 넌 한 냄비 거리도 못 되겠다. 기껏해야 한 접시쯤 나오겠네."

나이트가 갑자기 짖는 것을 멈추더니 맹렬한 기세로 리코더를 덥석 물었다. 펑이 빼내려고 안간힘을 써도 꿈쩍도 하지 않았다.

"이 고약한 녀석! 지독하게 말 안 듣는 녀석! 부엌칼을 가져와도 이렇게 하나 어디 두고 보자. 그것도 이렇게 한번 꽉 물어 보시지!"

펑은 부엌 쪽으로 돌아섰다. 그러다 문득 화난 표정을 누그러뜨리며 말했다.

"그래, 네 고집은 날 좀 닮은 것 같아!"

이 말에 나이트의 입이 느슨해져 리코더가 바닥에 떨어졌다. 동시에 나이트도 바닥으로 내려와 웃어야 할지 울어야 할지 모르는 얼굴로 멍하니 서 있었다. 그러나 얼마 안 있어 펑은 속이 상할 대로 상한 나이트의 가슴에 또다시 비수를 꽂는 말을 던졌다.

"진짜 이해가 안 돼. 엄마는 왜 너 같은 걸 집에 데리고 온 거야!"

그러고는 아무렇지도 않게 자기 할 일을 하러 방으로 들어갔다. 홀로 남은 나이트의 눈가가 다시 붉어졌다.

얼마 후, 엄마가 장바구니를 들고 집으로 들어섰다. 간신히 허리를 구부려 신발 끈을 푸는 모습이 몹시 힘겨워 보였다. 엄마는 팔 년 전과는 전혀 다른 사람 같았다. 옷이 몸에 꽉 낄 정도로 살이 쪘다.

펑이 방에서 뛰어나왔다.

"엄마, 뭐 맛있는 거 사오셨어요?"

"네 거 아니야. 나이트 먹을 거야. 식당에서 남은 음식 싸 왔어."

기운 없이 엎드려 있던 나이트는 이 말을 듣고 벌떡 일어나 꼬리를 흔들었다. 펑은 방으로 되돌아가다 말고 물었다.

"엄마, 오늘 저녁에 뭐 먹을 거예요?"

"뭐 먹고 싶은데?"

"감자튀김!"

그사이 나이트는 웅얼거리며 초조하게 장바구니 주위를 뱅글뱅글 돌다가 결국 엄마가 안 보는 틈을 타 주둥이로 장바구니를 열어젖혔다. 금세 입가가 기름범벅이 되었다. 엄마가 이것을 보고 호되게 야단쳤다.

"이 녀석이 미쳤나? 굶어 죽은 귀신이 붙었니? 왜 이리 야단이야? 펑은 왜 너 같은 녀석을 집에 데리고 들어왔는지 정말 알다가도 모르겠다!"

엄마의 마지막 말에 나이트는 얼떨떨한 얼굴로 바닥에 주저앉았다. 또다시 절망감이 밀려왔다. 엄마는 장바구니에 있던 음식을 거칠게 접시에 담아 발로 툭 밀었다.

"먹어!"

그러나 나이트는 먹지 않았다. 엄마가 다시 먹으라고 재촉하자 기괴한 소리를 내기 시작했다. 우는 소리였다. 나이트는 엄마 앞에서 한바탕 울부짖더니 다시 펑의 방문 앞으로 가 또 한 차례 서럽게 울었다.

펑이 물었다.

"나이트 왜 이래요?"

엄마도 나이트의 이런 반응에 어리둥절해졌다.

나이트는 이날부터 단식을 시작했다. 누구도 예상하지 못한 일이었다. 첫날은 알아차리는 사람조차 없었다. 평소에 나이트는 밤새 거실에서 자다가 식구들이 깨어나기 전에 일어나 거실 안을 어슬렁거렸다. 그러다 심심해지면 먼저 펑의 방 앞으로 가 방문을 긁었다. 몇 차례 긁고 안에서 무슨 기척이 없는지 귀를 기울이다가 또다시 긁기를 반복했다. 펑이 잠자리에서 일어날 때까지 계속 긁었다.

하지만 이튿날, 날이 밝아도 나이트가 누워 있는 거실 한쪽은 잠잠했다. 나이트는 이따금 눈만 떴다 감을 뿐 꼼짝하지 않았다. 엄마가 가장 먼저 일어나 욕실로 들어갔다. 삼십 분 뒤에 엄마는 화장을 마치고 욕실에서 나왔다. 나이트가 너무나 조용해 이상하게 여긴 엄마는 밥그릇을 들여다보았다. 그리고 그제야 나이트가 아무것도 먹지 않았음을 알아차렸다.

펑도 나이트 곁으로 왔다. 펑과 엄마가 다가와 에워싸도 나이트는 눈조차 뜨지 않았다.

"나이트가 어디 아픈가 봐요."

"어쩌면 무슨 병에 걸렸는지도 몰라. 너무 먹어서 걸린 병 아닐까? 아무래도 그런 것 같은데."

엄마의 말이 끝나기 무섭게 나이트의 몸이 분노로 부들부들 떨리기 시작했다.

"봐요, 엄마. 분명 어디가 아프다니까요!"

나이트는 하마터면 눈을 뜨고 두 사람을 물어 버릴 뻔했다.

"가서 추린 소시지 가져와. 그건 틀림없이 먹을 거야."

펑은 재빨리 소시지를 가져와 나이트의 코앞에 놓아 주었다. 나이트의 코가 강렬한 자극으로 실룩거리기 시작했다. 만 하루 동안 물 몇 모금 외에 아무것도 먹지 않은 나이트에게 이것은 겪어 보지 못한 고통이었다. 게다가 추린 소시지는 나이트가 목숨만큼 사랑하는 음식이었다. 나이트는 추린 소시지의 유혹을 이기기 위해 이를 악물었다. 그러나 자기 의지와는 상관없이 씰룩이는 코를 어쩌지 못했다. 코뿐만 아니라 얼굴 전체가 흥분으로 떨리고 있었다.

"열이 나고 있어요!"

펑이 걱정스레 외쳤다.

"예전에 기르던 나이트는 아픈 적이 없지 않았니? 생긴 것도 잘 생기고, 몸도 건강하고. 그런데 이 녀석은 얼마 못 살 것 같네. 안 되겠다. 반 친구 중에 누구 키울 사람 없니? 아무한테나 줘 버려라!"

나이트는 그만 울음을 터뜨렸다. 코는 더 이상 실룩이지 않았고, 얼굴은 눈물로 얼룩졌다.

"몸이 이런데 누가 데려가겠어요?"

"아무것도 먹지도 않고 마시지도 않잖아. 이대로 여기서 죽는 걸 두고 보기만 할 거야?"

"그래도 싫어요!"

아들의 말에 엄마는 소리를 빽 질렀다.

"싫어도 어쩔 수 없어! 만약 전염병 같은 거면 어떡할래? 네 아빠는 지금 외국에 계셔서 오고 싶다고 아무 때나 올 수 있는 형편도 아닌데. 네가 다 책임질 거야?"

"그럼 어떻게 할 건데요?"

"누구든 맡아 줄 사람을 찾아서 보내자! 그게 가장 좋은 방법인 것 같다."

펑과 엄마가 옥신각신하는 소리를 듣던 나이트는 갑자기 소시지를 덥석 물고 게 눈 감추듯 먹어 치웠다. 벌어지고 있는 상황을 보니 더 이상 버텨서는 안 될 것 같았다. 이런 식으로 가다가는 펑과 엄마가 정말 무슨 일을 벌일지 몰랐다.

펑이 놀라 엄마에게 물었다.

"얘 정말 병 걸린 것 맞아요?"

엄마도 할 말을 잃고 나이트를 멍하니 바라보았다.

"정말 알 수 없는 개네."

평과 엄마는 뭔가 크게 착각하고 있었다. 아들은 엄마가, 엄마는 아들이 이 개를 집에 데려와 예전에 기르던 나이트를 추억하기 위해 같은 이름을 지어 주었다고 생각하고 있었다.

잊혀진 배지
2000년 여름

현관문 가까이에 엎드려 있던 나이트는 계단을 올라오는 여러 사람의 발소리를 듣고 벌떡 일어났다. 그러고는 조심스레 몇 걸음 물러나 경계하는 눈빛으로 문을 주시했다.

가장 먼저 문을 열고 들어온 사람은 수업을 마치고 돌아온 펑이었다. 펑 뒤에는 단과 평소 단을 따라다니는 아이들이 서 있었다. 그들을 알아본 나이트는 사납게 달려들었다. 단과 아이들의 비명 소리가 복도에 날카롭게 울려 퍼졌다. 다행히 나이트의 발이 사슬에 묶여 있어 공격을 받지는 않았다.

단은 문 가까이 오지도 못하고 복도에 선 채 펑에게 말했다.

"크기는 강아지만 한데 집 지킬 줄 아네. 사람도 알아보고. 내가 얘를 어떻게 길들이라는 거야? 벌써 내가 누군지 다 알아보는데."

펑이 말했다.

"인내심을 가지고 천천히 다가가야 돼. 개가 아니라 사람을 대하듯이 친해져야 한다고. 뭐 먹을 것 가지고 왔어?"

"먹을 것은 왜?"

"먹을 것도 안 주는데 얘가 널 따라가겠어?"

그러자 단이 불만스러운 목소리로 말했다.

"개 값까지 치렀는데 또 돈을 써야 돼?"

그제야 나이트는 깨달았다. 주인이 자신을 팔아 버린 것이다. 펑의 얼굴에 초조한 기색이 역력했다. 마치 빨리 물건을 팔아 치우려는 노점상 아저씨 같았다. 나이트는 문득 자신이 얼마에 팔렸는지 궁금해졌다. 이리저리 추측해 보고 있는데, 마침 단이 펑을 향해 손을 내밀었다.

"안 되겠어. 내가 준 오 위안(중국의 화폐 단위—옮긴이) 도로 내놔!"

오 위안? 순간 나이트는 분노가 치밀어 집이 떠나갈 정도로 울부짖었다. 단과 아이들은 걸음아 날 살려라 계단 아래로 달아났다.

"더 얘기할 것 없어. 내 오 위안 당장 돌려줘!"

단이 멀찍이 떨어진 곳에서 외쳤다.

거래가 완전히 깨졌다는 것을 안 펑은 순순히 단에게 오 위안을 던졌다. 단은 돈을 집어 들자마자 뒤도 안 돌아보고 도망쳤다. 다른 아이들은 일찌감치 2층으로 내려가 있었다.

펑은 문을 쾅 닫고 돌아서서 나이트를 향해 빈 손바닥을 펴 보였다. 쓸데없이 헛고생만 했다는 뜻이었다. 하지만 나이트의 원망과 분노는 쉽게 사그라들지 않았다. 아무래도 펑과 대화를 좀 나눠야 할 것 같았다. 이러한 뜻을 전달하기 위해 나이트는 펑을 향해 "멍!" 하고 짖었다. 하지만 펑은 그 소리를 듣고 무언가 다른 생각이 떠오른 모양이었다. 펑의 입가에 알 수 없는 미소가 떠올랐다. 나이트는 깊이 생각하지 않고 그저 모든 일이 잘 끝난 것이라 믿었다.

다음 날, 누군가 현관문을 두드리는 소리가 났다. 나이트는 귀를 쫑긋 세우고 그 소리에 귀를 기울였다. 뾰족하고 딱딱한 물체로 두드리는 소리였다. 낯선 사람이 틀림없었다. 아직 펑이 돌아올 시간이 아니었다. 엄마가 퇴근할 시간은 더더욱 아니었다. 문밖에 있던 사람은 안에서 인기척이 없자 몇 마디 거칠게 내뱉고는 사라졌다.

수업이 끝난 펑이 열쇠로 문을 열고 들어왔다. 나이트는 식탁 밑에서 총알같이 뛰어나왔다. 조금 전에 있었던 무서운 일을 펑에게 알려 주기 위해서였다. 흥분한 나머지 소리가 차분하게 나오질 않았다. 하지만 아무리 시끄럽게 짖어도 펑은 나이트와 눈조차 마주치지 않았다. 나이트 앞에서 왔다 갔다 하며 아이스크림을 한 개 꺼내 먹더니 다시 바나나를 집어 들었다. 나이트는 답답함을 참을 수 없어 펑의 바짓가랑이를 물고 늘어졌다.

"그래, 짖고 싶으면 짖고, 떠들고 싶으면 떠들어. 소시지나 한 개 줄 테니까. 이게 네 최후의 만찬이야."

바로 그때, 문 두드리는 소리가 또다시 들려왔다. 나이트는 있는 힘을 다해 짖어 댔다.

"조용히 해!"

펑이 나이트를 향해 외쳤다.

문 앞에는 건장한 남자 두 명이 서 있었다. 머리부터 발끝까지 온통 기름때에 찌든 지저분한 모습이었다. 그중 한 사람은 밧줄을 들고 있었고, 다른 한 사람은 무시무시한 칼을 쥐고 있었다.

나이트의 뒷다리가 바들바들 떨리기 시작했다. 두 사람이 자신과 관련이 있음을 직감했다.

칼을 쥔 사람이 물었다.

"아까 왔다가 아무도 없어 그냥 갔다. 근데 개는 어디 있냐?"

펑은 식탁 밑을 가리켰다.

"저기요."

밧줄을 든 사람이 나이트를 보더니 기가 막힌다는 듯 목소리를 높였다.

"뭐야, 너 지금 장난하냐? 우리는 식용으로 개를 사는 사람들이지 애완용으로 기르려는 게 아냐! 고양이만 한 걸 가져다 뭘 한다고. 발품 값도 안 나오겠네."

"그럼 이십 위안 말고 십 위안은 어때요?"

"네가 직접 잡아서 먹으려무나!"

두 사람은 고개를 가로젓고는 문을 쾅 닫고 나가 버렸다.

두 사람의 뒷모습을 아쉽게 바라보던 펑은 곧 나이트에게 고개를 돌렸다. 나이트는 아무 일 없었다는 듯 태연스레 소시지를 핥고 있었다. 그러나 잠시 후, 나이트도 고개를 들었다. 둘의 팽팽한 시선이 마주치며 불꽃이 튀었다.

펑이 먼저 입을 열었다.

"그래, 먹어라, 먹어. 넌 원숭이 한 마리를 잡아 줘도 뚝딱 먹어 치울 거야."

그러자 나이트는 펑이 들으라는 듯 일부러 큰 소리로 쩝쩝거리며 소시지를 먹기 시작했다. 약이 바짝 오른 펑이 또 한마디 했다.

"이제 만족하냐? 오 위안에 널 기르려는 사람도 없고 십 위안에 널 사가려는 사람도 없으니 넌 이제 자유구나!"

펑은 나이트 다리에 묶인 쇠사슬을 푼 뒤 목줄을 맸다. 밖으로 데리고 나가려고 하자, 나이트는 뒷다리에 힘을 주며 기를 쓰고 버텼다. 하지만 펑이 끊어져라 줄을 당기는 바람에 질질 끌려가는 수밖에 없었다.

큰길로 나오자 펑은 나이트의 목줄을 풀었다.

"자, 너 가고 싶은 대로 가!"

그러나 나이트는 거리를 한번 흘깃 쳐다보고는 아무렇지도 않게 집 쪽으로 발걸음을 옮겼다.

나이트의 뒤를 따라 집에 돌아온 펑은 나이트를 내보낼 좀 더 효과적인 방법을 연구했다. 이번에는 조끼로 나이트의 눈을 가린 다음 데리고 나갔다. 펑은 나이트를 끌고 전봇대 주위를 세 바퀴 돌았다. 나이트는 펑의 생각을 꿰뚫은 듯 눈이 가려진 채 조금도 당황하지 않고 펑이 하는 대로 따랐다. 펑이 걸으면 걷고 펑이 멈추면 멈췄다. 펑이 갑자기 달리면 나이트도 따라 달렸다.

거리에서 누군가가 외쳤다.

"바보 같긴, 개는 원래 눈보다 코로 방향을 감지한다고!"

펑은 그 말을 듣고 나이트의 머리에서 조끼를 벗겨 냈다. 그리고 말없이 나이트를 노려보았다. 나이트도 고개를 비스듬히 젖히고는 펑을 빤히 쳐다보았다. 내다 버리려던 계획이 실패로 돌아가자 펑은 나이트를 문밖에 두고 혼자 집 안으로 들어가 버렸다. 혼자서 간식을 먹고 텔레비전을 보았다. 하지만 문밖의 기척에 계속 귀를 기울이고 있었다. 삼십 분 정도 지났을까, 펑은 견디지 못하고 문을 열었다.

문 앞에는 조금 전 모습 그대로 나이트가 앉아 있었다. 펑이 나오자 나이트는 불안과 원망이 가시지 않은 눈으로 주인의 얼굴을 멍하니 바라보았다.

"그런 눈으로 보지 마! 불편하니까!"

나이트는 눈을 한 번 깜박였다. 나이트가 하고 싶은 수많은 말이 그 두 눈에 담겨 있는 것 같았다. 결국 펑은 나이트를 집 안으로 들어오게 했다. 그러나 나이트가 옆으로 지나갈 때 발로 툭 걷어찼다.

나이트는 집 안으로 들어오자마자 펑의 방으로 뛰어 들어갔다. 그리고 곧장 침대 밑으로 기어들어가 무언가를 찾기 시작했다.

펑은 소파에 잠자코 앉아 나이트가 나오기를 기다렸다. 나이트가 펑에게 꼭 하고 싶은 말이 있는 게 틀림없었다. 침대 밑에서 우당탕 요란한 소리가 들려왔다. 침대 밑에는 펑이 버리지 않고 모아 놓은 물건이 잔뜩 쌓여 있었다.

잠시 후, 방 안이 잠잠해졌다. 나이트가 뭔가를 입에 물고 방문 앞에 섰다. 펑이 나이트를 불렀다.

"너 입에 문 게 뭐야?"

그러나 나이트는 꿈쩍도 하지 않았다. 펑이 다가와서 좀 더 자세히 봐주길 바라는 눈치였다. 그만큼 나이트에게는 중요한 물건이었다. 나이트는 이것을 찾느라 온몸에 먼지를 뒤집어쓰고 있었다. 그러잖아도 볼품없는 모습이 더욱 꾀죄죄해졌다. 하지만 나이트는 의연한 태도로, 가까이 오라는 펑의 명령에 자신의 굳은 의지를 내비쳤다. 나이트에게 남은 것은 이제 자존심밖에 없었다.

결국 펑이 소파에서 일어나 나이트 쪽으로 다가갔다. 하지만 등을 구부려 들여다볼 뿐 달라고 손을 내밀지는 않았다. 아무리 들여다보아도 나이트가 물고 있는 것이 무슨 물건인지 알아볼 수 없었다.

나이트는 펑이 더 잘 볼 수 있도록 고개를 위로 쳐들었다. 그 물건은 때가 묻고 먼지가 두껍게 쌓여 있어 더욱 알아보기 어려웠다.

펑은 뒷짐을 쥔 채 구부렸던 허리를 폈다.

"그게 대체 뭔데?"

펑이 끝내 이 물건을 알아보지 못하자 나이트의 눈에 이슬이 맺히기 시작했다. 결국 나이트는 바닥에 엎드리더니 물고 있던 것을 두 발 사이에 내려놓았다. 그리고 켜켜이 쌓인 먼지를 혀로 핥아 냈다. 나이트의 분홍색 혀가 잿빛이 되어 가는 것을 보고 펑은 얼굴을 찡그렸다. 먼지가 자신의 입속으로 들어오는 느낌이었다.

어쨌거나 나이트의 노력으로 그 물건은 조금씩 정체를 드러내기 시작했다.

그것은 두 개의 붉은 줄이 그어진 펑의 중대장 배지였다.

"이 낡은 배지는 대체 누구 거야?"

펑은 배지 따위엔 아무 관심 없다는 듯 발로 툭 차 버렸다.

이 배지가 누구 것인지조차 기억하지 못하는 펑을 보고 나이트는 가슴이 무너져 내렸다. 눈에서는 눈물이 쏟아졌다.

"너, 왜 울어?"

펑이 놀라 물었다.

나이트는 울면서도 단념하지 않고 펑이 한쪽 구석으로 차 버린 작은 배지를 다시 물어 왔다. 이것이 어떤 배지였는지 자세히 보고 기억해 주기를 간절히 바랐다. 그러나 펑의 눈에는 나이트가 지긋지긋하게 고집을 부리는 것으로밖에 보이지 않았다. 그래서 나이트의 입에서 배지를 빼낸 뒤 발코니로 나가 아래로 내팽개쳐 버렸다.

나이트는 더 이상 못 참겠다는 듯 펑의 바짓가랑이를 물었다. 그리고 바지가 찢어질 때까지 마구 흔들어 댔다.

배지가 없어졌으니 이젠 더 어찌해 볼 도리가 없었다. 자신이 사진 속의 바로 그 나이트라는 것을 증명할 길이 없어진 것이다. 어떻게 하면 이 사실을 눈앞에 있는 주인에게 알릴 수 있을까? 나이트에게 남은 것은 이빨과 치밀어 오르는 분노뿐이었다.

이튿날 아침, 펑은 늦잠을 자고 말았다. 허둥지둥 책가방을 챙겨 문을 나서려는데 한쪽 구석에 놓인 양말이 눈에 띄었다. 양말은 갈기갈기 찢어져 있었다.

"나이트! 이리 나와!"

나이트는 발코니에 엎드려 들은 척도 하지 않았다. 어젯밤 나이트는 밤새도록 이빨이 근질거려 잠을 이룰 수 없었다. 근질거림은 펑의 양말을 갈기갈기 물어뜯은 다음에야 사라졌다.

펑은 시계를 보았다. 나이트에게 화를 내고 있을 시간이 없었다.

"두고 봐. 학교에서 돌아오면 아주 혼쭐을 내줄 테니까!"

펑이 나가고 나서야 나이트는 일어나 거리를 달리는 펑의 모습을 지켜보았다. 펑이 모퉁이를 돌아 완전히 사라지자 나이트는 그제야 고개를 치켜들고는 참았던 울음을 터뜨렸다.

선생님의 새끼손가락
2000년 여름

교실에 들어서자 아이들 몇 명이 피아노를 교실 안으로 옮기고 있었다. 음악 시간이라는 것을 알게 된 펑은 금세 기분이 좋아졌다.

"자, 그럼 이제 즐거운 학교생활을 시작해 볼까?"

사실 대부분의 학생들은 펑을 좋아하지 않았지만 펑은 개의치 않았다. 하지만 여학생이나 여선생님에게는 관심이 많았다. 펑이 유난히 싫어하는 과목은 체육이었다. 펄쩍펄쩍 뛰어다니는 게 싫은 것은 결코 아니었다. 농구며 배구, 축구에 흥미가 없는 것도 아니었다. 단지 체육 선생님이 남자라는 이유 하나 때문이었다.

펑이 가장 좋아하는 과목은 음악이었다. 음악을 가르치는 천잉 선생님이 선생님들 중에서 가장 예뻤기 때문이다. 천잉 선생님은 세련된 짧은 머리에, 왼쪽 눈썹 위로 흘러내리는 부분을 금색으로 물들였다. 짙은 검은 머리칼 속에서 황금빛으로 빛나는 머리칼을 볼 때마다 펑은 신기하면서도 온몸에 생기가 도는 느낌이었다. 그 머리칼을 보고 있으면 펑의 무한한 상상력은 현실을 벗어나 날개를 달고 훨훨 날아오르곤 했다.

펑은 음악 시간을 손꼽아 기다렸다. 마음 같아서는 음악 시간이 매일매일 있었으면 싶었다. 하지만 정작 펑의 음악 실력은 아주 형편없었다. 펑은 지금까지 짤막한 노래 한 곡도 제대로 부르지 못했다. 펑이 음악 시간을 기다리는 것은 음악이 좋아서가 아니라 음악 선생님을 보기 위해서였다.

음악 수업이 시작되었다. 그날도 펑은 선생님의 머리칼을 바라보고 있었다. 음악 선생님은 수업에 집중하지 않는 펑을 일으켜 세워 방금 배운 노래를 불러 보라고 했다.

펑이 기죽은 목소리로 대답했다.

"잘 모르는데요."

선생님은 화가 났다.

"선생님이 계속 지켜봤는데, 넌 입을 한 번도 안 움직이더라. 난 네가 이미 이 노래를 알고 있어서 그런 줄 알았지. 어라, 선생님이 지금 너한테 얘기하고 있잖아! 어딜 보고 있어?"

"저…… 선생님 머리 위에 있는 그 눈이요……."

펑이 말을 마치자마자 교실 안이 술렁이기 시작했다.

"뭐? 선생님 머리 위에 눈이 있다고?"

"진짜다! 진짜 눈 같네!"

학생들이 수군대자 당황한 선생님은 급히 돌아서서 작은 손가방을 열어 거울을 꺼냈다. 펑은 여전히 선생님의 머리를 바라보고 있었다. 볼 때마다 뭔지 모르게 힘이 샘솟게 하는 저 황금빛 머리칼…….
그런데 왜 저것을 '눈'이라고 했을까?

선생님은 급기야 빗을 꺼내 들고 검은 머리칼로 금색 머리칼을 가려 보려고 했다. 그러나 금색 머리칼은 주인의 뜻을 거부하고 자꾸만 검은 머리칼 속에서 모습을 드러냈다. 마음이 급해진 선생님은 이리저리 바쁘게 손을 움직였다. 그 바람에 빗살 하나가 그만 뚝 부러지고 말았다. 순간 여학생들 사이에서 "아!" 하고 안타까운 탄식이 터져 나왔다.

선생님은 부러진 빗살을 집어 들고 잠시 쳐다보더니 이내 바닥에 던지고 다시 수업을 진행했다.

수업이 끝나고 다른 학생들은 와자지껄 떠들며 교실을 빠져 나갔지만 펑은 홀로 교실에 남았다. 그리고 교탁 밑에 쪼그리고 앉아 무언가를 열심히 찾았다. 한참이 지나서야 바닥에서 무언가를 집어 들었다. 조금 전 아름다운 음악 선생님이 부러뜨린 빗살이었다.

다음 날, 펑은 음악 선생님에게 새 빗을 선물했다. 선생님은 어리둥절한 얼굴로 펑을 빤히 쳐다보더니 이윽고 선물을 받았다.

"너, 참 재미있는 아이구나."

평을 대하는 선생님의 마음은 복잡했다. 다른 학생들은 노래를 부를 때면 건반 위에서 물 흐르듯 움직이는 자신의 열 손가락처럼 경쾌한 선율이 흘러나왔는데 평은 달랐다. 음악 선생님에게 있어 평은 말로 표현할 수 없는 이상한 음표였다. 평이 내는 음은 늘 악보를 벗어나 있었다.

그날 오후, 수업이 아직 끝나지 않았는데 처음 보는 남학생이 평을 불렀다. 교문 앞에서 누가 기다리고 있으니 빨리 가 보라고 했다.

"누군데?"

평이 묻자 그 아이는 그저 이렇게만 대답했다.

"가 보면 알아."

평은 의아해하며 교문 앞으로 달려 나갔다. 교문 앞에 서 있는 사람은 다름 아닌 단이었다. 단은 평과 반이 달랐다.

"용케 나왔구나!"

단의 뒤에는 항상 단을 졸졸 따라다니는 아이들이 모여 있었다.

"무슨 일이야?"

단은 평을 보자 다짜고짜 멱살부터 잡았다.

평은 멱살을 잡히는 게 끔찍하게 싫었다. 멱살이 잡히면 꼼짝없이 붙들려 좌지우지되는 것 같아 말할 수 없는 모욕감이 느껴졌다. 평은 곧바로 단의 손가락을 비틀어 멱살을 풀었다. 단이 비명을 지르자 단 뒤에 있던 아이들이 한꺼번에 평에게 덤벼들었다. 몸싸움이 시작되었다. 아이들이 평과 맞붙는 동안 단은 한쪽에 서서 씩씩거리고 있었다.

"감히 날 속여서 그딴 개를 팔아먹으려고 해? 나를 아주 우습게 봤구나. 그러고도 내가 조용히 넘어갈 줄 알았냐?"

그때 선생님 한 분이 아이들을 향해 잰걸음으로 다가왔다.

"야! 선생님이야!"

단의 외침에 아이들은 순식간에 흩어져 달아났다.

홀로 덩그러니 남은 펑은 몰골이 말이 아니었다. 오른쪽 옷소매는 거의 떨어져 나가기 직전이었고 얼굴도 상처투성이였다. 아이들이 싸우는 것을 보고 황급히 달려온 선생님은 다름 아닌 음악 선생님이었다. 선생님이 다가와 펑의 얼굴을 보고 물었다.

"누가 때린 거야?"

펑은 자신이 맞은 것을 굳이 선생님에게 밝히고 싶지 않았다.

"그냥 애들이랑 장난친 거예요."

"이게 장난이라고!"

선생님의 언성이 높아졌다.

펑은 흥분한 선생님을 진정시키려고 애썼다.

"선생님, 화내지 마세요. 그냥 저희끼리 놀다가 그런 거예요."

선생님은 새삼 펑이 다르게 보였다. 또래들에 비해 성숙한 데가 있는 아이구나 하는 생각이 들면서 펑이 맞은 일을 제대로 밝혀야겠다고 마음먹었다.

"나랑 교무실에 가자. 네 담임 선생님께 말씀드려야지. 담임 선생님이 이 일을 확실히 조사해서 널 때린 학생에게 벌을 주실 거야."

평의 담임인 청젠 선생님은 얼굴빛이 몹시 창백한 젊은 남자였다. 교무실에서 담임 선생님은 무표정한 얼굴로 음악 선생님이 하는 이야기를 들었다. 몹시 흥분한 음악 선생님은 말을 마친 뒤에도 볼이 발갛게 상기되어 있었다.

"말씀 다 하셨습니까?"

담임 선생님의 새하얀 얼굴은 음악 선생님의 상기된 얼굴과는 너무나 대조적이었다. 평은 그 새하얀 얼굴을 보면서 조금 무섭다는 생각이 들었다. 마치 아무 색깔도 칠할 수 없는 커다란 종이를 대하고 있는 느낌이었다. 아니면 차가운 벽, 너무 차가워 도저히 기댈 수 없는 벽을 보는 것 같기도 했다.

음악 선생님이 이야기를 마치자 담임 선생님은 아무 말 없이 평을 빤히 쳐다보았다. 눈조차 깜박이지 않았다. 평은 심장이 오그라드는 기분이었다.

문득 선생님의 왼손이 눈에 들어왔다. 담임 선생님은 얼굴만큼이나 새하얀 왼손을 책상 위에 올려놓고 새끼손가락으로 책상을 두드리고 있었다. 나중에 평이 이 동작을 떠올리고 선생님이 하던 대로 따라해 보았지만 그리 쉬운 동작이 아니었다. 평은 그 뒤 며칠 동안 밤마다 악몽을 꾸었는데, 꿈속에서 보이는 것은 오로지 석고같이 하얀 왼손뿐이었다.

"너, 또 무슨 짓을 한 거냐? 무슨 짓을 했기에 애들이 너한테 떼로 덤벼들어?"

마침내 담임 선생님이 입을 열었다. 여전히 무표정한 얼굴이었다. 책상을 두드리고 있는 하얀 새끼손가락은 영악한 흰쥐 같았다. 그런데 이게 어찌된 일일까! 눈 깜짝할 사이에 그 손가락이 자취를 감춰 버렸다. 선생님의 손가락이 네 개로 줄어든 것이다. 깜짝 놀란 펑은 선생님의 질문에도 정신이 멍해진 채 손가락 하나가 없어진 그 하얀 손에서 눈을 떼지 못했다. 머리카락이 곤두서며 순간 이런 생각이 들었다.

'만약 그 새끼손가락이 다시 나타난다면 큰 소리로 비명을 지르고 죽자 사자 도망갈 거야.'

음악 선생님이 깜짝 놀라 외쳤다.

"선생님, 애가 떨고 있는 것 안 보이세요? 선생님 때문에 긴장해서 말을 못 하고 있잖아요!"

"천 선생님, 도둑이 제 발 저린다는 말 아시죠? 바로 이런 경우를 두고 하는 말입니다."

그런데 또다시 깜짝 놀랄 일이 벌어졌다. 담임 선생님이 말을 마치자 사라졌던 선생님의 왼손 새끼손가락이 거짓말같이 다시 나타난 것이다. 펑과 음악 선생님 모두 그것을 똑똑히 목격했다.

정신이 아득해진 펑의 귓가에 날카로운 바람 소리가 들려왔다. 마치 아주 오래전부터 들려온 듯한 바람 소리였다. 펑은 다리가 후들거려 도저히 서 있을 수가 없었다.

"선생님, 저 잠깐만 앉으면 안 될까요?"

음악 선생님은 펑의 이마에 손을 대보았다.

"어디 아프니? 이마가 얼음장처럼 차네!"

펑은 자신의 이마를 짚고 있는 음악 선생님의 손을 꼭 붙잡고 애원했다.

"저 그만 나가고 싶어요."

음악 선생님은 담임 선생님을 돌아보며 비난하듯 물었다.

"애한테 뭘 어쩌신 거예요?"

"여기서 다 보지 않으셨습니까? 전 아무 짓도 하지 않았습니다."

급기야 펑은 온몸에 식은땀이 나기 시작했다. 이마가 땀으로 흥건히 젖어 버렸다.

"애한테 너무하시는 것 아니에요?"

음악 선생님의 가시 돋친 비난에도 담임 선생님은 여전히 얼굴색 하나 변하지 않았다.

"천 선생님, 이 학교에 오신 지 일 년이 채 안 되셨죠? 아마 선생님이 도저히 이해하시기 어려운 일도 있을 겁니다. 제가 이 학교에 얼마 동안 근무했는지 아십니까?"

"얼마 동안인데요?"

"십 년입니다."

이때 펑이 두 사람의 말을 끊었다.

"저 숨을 못 쉬겠어요."

"그따위 방법은 나한테 통하지 않아! 너 같은 녀석을 내가 얼마나 많이 봐 온 줄 알아?"

"학생한테 어쩌면 이러실 수가 있으세요!"

음악 선생님은 더 이상 참지 못하고 담임 선생님을 향해 날카롭게 외쳤다. 담임 선생님은 눈 하나 깜짝하지 않고 응수했다.

"아이들을 가르치시는 분이, 더욱이 학생 앞에서 교사의 품위를 지키셔야죠. 그렇게 쉽게 흥분하고 얄팍한 개인적 감정을 드러내서야 되겠습니까?"

"어떻게 이런 분이 십 년이나 교직 생활을 하실 수 있었는지 정말 알 수가 없네요."

음악 선생님은 자신의 감정을 누를 생각이 조금도 없었다.

"생각 같아서는 천 선생님과 평에게 그 비디오테이프를 좀 보여드리고 싶네요. 그러지 않으면 한 사람은 오늘 교무실에서 큰 굴욕을 당하고 다른 한 사람은 아무것도 모르면서 불의에 용감히 맞선 셈이 될 테니까요. 하지만 오늘은 여기까지만 하지요."

뜻밖의 이야기에 음악 선생님은 어리둥절해져서 백지장 같은 담임 선생님의 얼굴을 멍하니 바라보았다.

"테이프요? 무슨 테이프인데요?"

무언가 비밀을 알고 있는 듯한 담임 선생님의 태도에는 신비감까지 느껴졌다.

"평과 관련된 테이프입니다."

"네? 저요?"

펑이 용수철처럼 자리에서 벌떡 일어났다.

"그게 뭔데요? 좀 자세히 말씀해 보세요!"

음악 선생님도 펑을 따라 자리에서 일어났다. 뭔가 일이 복잡하게 얽혀 있다는 느낌이 들었다.

"안 됩니다. 지금은 저도 이것밖에 말씀드릴 수 없습니다."

담임 선생님은 딱 잘라 말한 뒤 자리에서 일어섰다. 음악 선생님과 펑은 자신도 모르게 한 발짝 뒤로 물러섰다.

담임 선생님은 키가 커서 걸을 때도 마치 거대한 흰 벽이 움직이는 것 같았다. 그 뒷모습을 바라보며 음악 선생님이나 펑 모두 알 수 없는 불안감을 느꼈다. 담임 선생님의 모습이 사라진 뒤에도 할 말을 잃고 서로의 얼굴만 빤히 쳐다보았다. 한참 만에 두 사람은 동시에 입을 열었다.

"이게 대체 무슨 일……?"

"너 혹시 담임 선생님 왼손 봤니?"

음악 선생님이 물었다.

"제가 여쭤보고 싶었던 거예요!"

펑이 외쳤다.

"그리고 비디오테이프…… 저와 관련된 비디오테이프가 있다는데, 뭐죠?"

머릿속 가득 안개가 낀 것처럼 혼란스러웠다.

또 한 명의 왼손잡이
2000년 여름

학교가 끝나고 집으로 돌아가는 길, 펑은 자기도 모르게 자꾸만 뒤를 돌아보았다. 백 미터 밖에서 들리는 자동차 브레이크 소리에도 깜짝 놀라 길가로 피하곤 했다. 온몸에 벌레가 스멀스멀 기어 다니는 듯한 공포감이 펑을 사로잡고 있었다. 건물 앞 복도 입구에 도착해서도 펑은 계속 머뭇거리다 한참 뒤에야 조심조심 계단을 따라 올라갔다. 집 현관문 앞에 이르러서는 열쇠를 꺼내기 전에 마치 누군가 숨어서 엿보고 있기라도 한 것처럼 재빨리 사방을 둘러보았다. 아무도 없다는 것을 확인한 뒤에야 열쇠를 꺼내 천천히 열쇠 구멍에 집어넣었다. 막 열쇠를 돌리는 순간, 갑자기 굵고 거친 숨소리가 귓가에 울렸다. 펑은 심장이 멎을 듯 놀라 뒷걸음질을 치다가 그만 균형을 잃고 넘어지고 말았다.

잠시 후, 펑은 복도 벽에 몸을 기댄 채 간신히 마음을 가라앉히고 다시 귀를 기울여 보았다. 숨소리는 더 이상 들리지 않았다. 펑은 자신이 환청을 들은 것이라 여기고 현관문을 열었다. 그런데 현관문을 열자마자 그 소름 끼치는 숨소리가 다시 들려왔다. 펑은 두렵다 못해 화가 치밀어 고함을 질렀다.

"누구야? 숨어 있지 말고 나와!"

펑이 소리를 지르자 집 안에서 큰 소리가 나면서 온 복도가 쩌렁쩌렁 울렸다. 그제야 펑은 소리의 주인공이 나이트임을 깨달았다. 펑은 허탈함과 동시에 자신에게 화가 났다. 제풀에 놀라 공연히 겁을 집어먹은 셈이었다. 마음이 좀 놓인 펑은 나이트가 거실에 묶여 있어 나오지 못했다는 것을 뒤늦게 알아차렸다.

"이 바보야, 너 때문에 기절하는 줄 알았잖아!"

펑은 책가방을 거실 구석에 내던지고는 나이트를 향해 윽박지르듯 말했다.

펑의 시선이 곱지 않다는 것을 눈치챈 나이트는 짖는 것을 멈추고 뒤로 물러나 몸을 움츠렸다. 움직일 때마다 다리에 묶인 쇠사슬이 쩔렁거렸다. 나이트에게는 주인의 발소리를 듣고 반가운 소리로 맞이한 것은 조금도 이상한 일이 아니었다.

펑은 다리에 힘이 풀려 소파에 털썩 주저앉았다. 그리고 멍하니 허공을 바라보다 넋 나간 얼굴로 입을 열었다.

"오늘 무슨 일이 있었는지 알아? 교무실에서 담임 선생님을 만났는데, 오늘따라 선생님이 엄청 이상했어. 정말 깜짝 놀랄 만큼 이상했다고. 난 이때까지 선생님 얼굴이 그렇게 하얀 줄 몰랐어. 영락없이 백지장 같았어, 아니, 하얀 벽 같다고 해야 하나. 아니, 아니, 겨울에 내리는 눈같이 새하얬어. 게다가 선생님은 이야기하는 동안 한 번도 눈을 깜박이지 않았어. 어떻게 그럴 수가 있는지……. 너도 그런 눈은 아마 본 적이 없을걸. 그리고 손, 맞아, 선생님 왼손……. 정말 그런 손은 태어나서 처음 봐. 책상 위에 왼손을 올려놓고 새끼손가락을 자유자재로 움직여서 책상을 두드리는데 꼭 손가락이 저 혼자 움직이는 것 같더라니까. 더 놀라운 건 내가 계속 그걸 쳐다보고 있는데 갑자기 새끼손가락이 감쪽같이 사라지는 거야. 내가 놀라서 멍하게 있는 사이 다시 나타났어. 진짜 그 자리에서 기절하는 줄 알았다니까. 나뿐만 아니라 우리 음악 선생님도 같이 보고 놀라서 기겁하셨어. 아, 그것 때문에 집에 오는 동안에도 제정신이 아니었어. 방금 계단을 올라오면서도 기분이 정말 이상하더라고. 마치 처음 보는 건물에 온 것처럼 여기가 어딘지, 내가 지금 어디로 가고 있는지 하나도 모르겠더라. 나이트, 내가 지금 꿈을 꾸고 있는 걸까?"

나이트는 움츠리고 있던 머리를 서서히 들었다. 만약 쇠사슬에 묶여 있지 않았다면 나이트는 한달음에 달려가 펑이 있는 소파 밑으로 기어들었을 것이다. 그러지 못하는 대신 나이트는 실눈을 뜨고 귀를 계속 펄럭거리며 펑의 이야기를 열심히 들어주었다. 나이트는 펑이 지금처럼 자신을 대해 주는 것이 좋았다. 주인은 지금 자신을 상대로 마음속의 생각과 기분을 모두 털어놓고 싶은 것이었다.

"내가 하는 얘기 알아들을 수 있겠어?"

펑은 지금 나이트를 포함해 누구든 자신을 이해해 주는 친구가 절실히 필요했다.

나이트는 비스듬히 고개를 기울이며 두 귀를 흔들었다. 나이트가 무언가를 경청하고 대답을 기다릴 때의 몸짓이었다.

"난 왼손으로 뭘 하는 사람들이 무서워."

펑은 가만히 허공에 자신의 왼손을 들어 올렸다. 그러더니 별안간 신경질적으로 그 손을 흔들었다. 이번에는 오른손으로 큰 칼 모양을 만들어, 눈을 감고 힘껏 왼손을 내리치는 시늉을 했다.

나이트가 놀란 듯 목에서 꾸르륵 소리를 내더니 "멍!" 하고 한 차례 짖었다.

펑은 길게 한숨을 내쉬며 눈을 떴다.

"난 왼손잡이들이 무서워."

지금까지 펑이 무언가를 무서워해 본 적은 단 한 번도 없었다. 뱀, 악어, 구렁이같이 말만 들어도 소름 끼치는 동물들조차 무섭다는 생각을 해 본 적이 없었다. 이런 동물들은 모두 펑이 사는 지역보다 남쪽에 살았다. 펑이 사는 곳은 중국에서도 가장 북쪽에 위치한 지역이었다. 어차피 볼 일도 없는데 그런 것들이 무슨 상관이람?

그때, 갑자기 전화벨이 울렸다. 펑은 소스라치게 놀라 소파에서 튀어 올랐다. 수화기를 든 펑의 손이 덜덜 떨리고 있었다. 상대의 목소리를 듣고도 한참 뒤에야 펑은 엄마라는 것을 깨달았다. 엄마는 일이 너무 밀려 저녁 늦게야 집에 돌아올 거라고 했다.

"엄마, 오늘은 그냥 일찍 오면 안 돼요? 기분이 너무 안 좋아."

"무슨 일 있었니? 무슨 일인지 엄마한테 얘기해 봐. 엄마 말 듣고 있어?"

"몰라요. 뭘 어떻게 말해야 할지 모르겠어. 엄마, 그냥 빨리 집에 와요."

엄마는 펑에게 최대한 빨리 집에 가겠다고 대답했다.

수화기를 내려놓고도 펑은 그 옆을 떠나지 못했다. 전화기에서 멀어지면 엄마와 더 멀어지는 것 같아서였다. 펑은 오랫동안 그 자리에 그대로 서 있었다. 얼마나 시간이 지났을까. 집 안을 뒤덮은 무거운 적막감을 깨고 나이트가 "멍!" 하고 짖었다. 그 소리에 정신이 번쩍 든 펑은 배가 엄청나게 고프다는 사실을 알아챘다. 딴 데 정신이 팔려 위가 쓰릴 정도가 되도록 몰랐던 것이다.

펑과 나이트는 그런 대로 다정하게 함께 저녁을 먹었다. 나이트로서는 이런 분위기가 무척 오랜만이었다.

펑은 집에 있는 인스턴트식품들을 이것저것 꺼내 놓았다. 추린 소시지, 햄, 크림빵, 초콜릿 아이스크림 등 손에 잡히는 대로 입에 몰아넣었다. 하지만 음식을 먹으면서도 아무 맛도 느끼지 못했다. 그저 무의식적으로 입에 넣고, 씹고, 잘라서 나이트에게 던져 주는 일을 반복했다. 바빠진 것은 나이트였다. 나이트 앞으로 쉴 새 없이 음식이 날아왔다.

나이트는 정신없이 음식을 씹어 대면서 감격의 눈물을 흘렸다.

"나이트, 배부르니?"

배가 어느 정도 차자 펑이 물었다. 나이트는 주인을 향해 아직 배가 조금 덜 찼다는 기색과 함께 초콜릿 아이스크림만 더 주면 이 식사가 더욱 완벽할 것이라는 뜻을 내비쳤다.

펑은 아이스크림이 담긴 상자를 나이트 앞으로 내밀었다.

"그래, 먹어라, 먹어."

식사를 마치고 숙제를 하러 방으로 들어가기 전 펑은 나이트 다리에 묶인 쇠사슬까지 풀어 주며 숙제를 하는 동안 옆에 있게 해 주었다. 나이트도 이날만큼은 눈치껏 굴며 특별히 주인의 기분을 맞춰 주었다. 펑이 책상 앞에 앉아 숙제를 하는 동안 나이트는 책상 밑에 엎드려 펑의 발을 핥아 주었다. 나이트가 왼발, 오른발, 이쪽저쪽 번갈아 핥는 동안 펑도 조금씩 안정을 되찾아갔다.

다음 날 아침, 펑은 눈을 뜨자마자 베개 위에 놓인 쪽지 한 장을 보았다. 엄마가 새벽에 나가면서 놓고 간 쪽지였다. 쪽지에는 가게 일을 마치는 대로 일찍 집에 돌아올 것이며 냉장고에 펑이 좋아하는 음식들을 더 사서 넣어 두었다는 내용이 쓰여 있었다.

펑은 침대에 누운 채 어제 일을 떠올려보았다. 모든 것이 꿈만 같았다. 일어나서 맨발로 거실에 나가 보니 나이트가 쇠사슬에 묶여 있었다. 식탁 위도 깨끗했다. 아무 일도 일어나지 않은 것처럼 모든 것이 그대로였다. 그래, 내가 꿈을 꾼 거야. 펑은 이렇게 단정 지었다.

그러나 펑이 미처 생각지 못한 것이 있었다. 어젯밤 엄마가 집 안을 정리하고 나이트를 다시 묶어 놓은 것이었다. 펑은 이 사실을 까맣게 모른 채 홀가분한 마음으로 등교 준비를 했다.

등굣길에 펑은 엄마와 함께 유치원에 가는 어린아이를 보았다. 한 손으로는 엄마 손을 꼭 잡고, 다른 한 손으로는 파란색 풍선을 쥐고 있었다. 이런 것을 보고 펑이 그냥 지나칠 리 없었다. 펑은 곧 필통 속에서 핀 하나를 꺼내 쥐고 아이를 뒤쫓았다. 그리고 아이가 잠시 한눈을 판 틈을 타 핀으로 살짝 풍선을 찔렀다. 풍선은 서서히 공기가 빠져나가기 시작했다. 펑이 멀찍이 달아난 뒤에야 아이의 울음소리가 들렸다.

펑은 장난을 치고는 흥분해서 깡충깡충 뛰어다녔다. 이럴 때 펑의 목소리는 평소 나이트가 내는 소리와 비슷했다. 그런데 미처 흥분이 가시지 않은 얼굴로 구시가 모퉁이를 돌아 큰길로 나왔을 때였다. 갑자기 웬 낯선 남자가 펑을 가로막았다. 목구멍 깊은 곳에서 뿜어져 나오던 환호성이 남자 때문에 뚝 멈췄다.

어디선가 갑자기 나타난 그 남자는 근엄한 표정으로 '통행금지' 표지판처럼 떡 하니 버티고 있었다. 그는 두 손을 바지 주머니에 찔러 넣은 채 펑이 오른쪽으로 가려 하면 오른쪽을, 왼쪽으로 가려 하면 왼쪽을 막아섰다.

"뭐 하시는 거예요?"

펑은 초조해지기 시작했다.

"저 학교 지각한단 말예요!"

남자가 입을 열었다.

"네가 지각을 하든 말든 나와는 상관없지. 난 오직 네가 조금 전에 저지른 일에 대해서만 이야기하고 싶다!"

그 말에 펑은 마음이 조마조마해졌다.

"제, 제가 뭘 어쨌다고요?"

남자가 말했다.

"손 이리 내놔 봐!"

펑이 손을 내밀었다. 펑의 손바닥 위에는 풍선을 찌른 핀이 놓여 있었다. 펑은 웃음을 터뜨렸다. 펑에게 이런 장난은 재미있는 놀이일 뿐이었다. 만약 1초 후에 또다시 비슷한 상황이 온다 해도 펑은 생각할 여지없이 같은 짓을 저질렀을 것이다.

"난 지금 네가 무슨 생각을 하고 있는지 똑똑히 알고 있다."

남자의 말에 펑은 입을 삐죽였다.

"아저씨, 슈퍼맨 치고는 좀 촌스럽게 생기셨는데요."

남자는 펑의 야유 따위는 무시한 채 말없이 고개만 가로저었다. 마치 '더 이상 어쩔 도리가 없구나' 하고 말하는 것 같았다.

"정말 네가 조금 전에 저지른 잘못을 인정하지 않겠다는 거냐?"

펑은 짜증이 났다. 별것도 아니고 장난 좀 친 것 가지고 이렇게 성가시게 하다니, 빨리 이 사람에게서 벗어나고 싶었다. 펑은 하늘을 가리키면서 "어, 저게 뭐죠?" 하고 외치고는 재빨리 줄행랑을 쳤다.

남자는 펑의 얄팍한 속임수에 결코 넘어가지 않았다. 그는 성큼성큼 긴 다리를 뻗어 금세 펑을 따라잡더니 다시 펑의 앞을 가로막았다. 그제야 펑은 주머니에 감추고 있던 남자의 손을 처음으로 보았다. 남자의 손을 본 순간 펑은 망치로 머리를 한 대 얻어맞은 것만 같았다. 또다시 꿈을 꾸는 느낌이었다.

남자의 두 손은 펑이 두 번 다시 보고 싶지 않던 담임 선생님의 손과 똑같았다. 창백하고 가늘고 긴, 이상하고도 신비한 손, 한 번 움직이기 시작하면 어떻게 변할지 예측할 수 없는 손……. 펑은 갑자기 눈앞이 뿌옇게 흐려지며 마치 해수면 위에 서 있는 것처럼 두 다리가 휘청거렸다.

남자의 창백한 오른손에는 검은색의 카드 한 장이 들려 있었다. 부드러운 것 같기도 하고 딱딱해 보이기도 했다. 왼손에는 펜이 들려 있었다. 남자는 펜으로 그 검은 카드에 하얀 글자를 써 내려가기 시작했다.

왼손, 또 왼손잡이였다.

펑의 바짓가랑이가 사시나무 떨리듯 후들후들 떨리고 있었다. 도저히 고개를 들어 남자의 왼손을 쳐다볼 용기가 나지 않았다. 하지만 눈은 자신도 모르는 사이에 남자의 손동작을 쫓고 있었다. 남자가 글을 쓰는 모습은 매우 독특했다. 한 획 한 획 글자를 쓰는 것이 아니라 톡톡 소리를 내며 카드 위에 점을 찍고 있었다. 점을 다 찍은 남자는 그 카드를 펑에게 내밀었다.

"이게 뭐예요?"

카드 위에는 온통 흰 점뿐이었다. 꼭 밤하늘에 뜬 별처럼 보였다.

"네 잘못을 기록한 카드다."

펑은 자신의 귀를 의심했다.

"네? 뭘 기록한 거요?"

"그 문자들은 정신을 집중해서 봐야 알아볼 수 있지."

남자가 설명했다. 하지만 펑은 남자의 말에 따를 생각이 눈곱만큼도 없었다.

"몰라요. 못 알아보겠어요. 보고 싶지도 않아요. 다른 할 일도 많다고요."

그러나 남자의 말투는 단호했다.

"무슨 일이 있어도 봐야 돼! 넌 반드시 이 내용을 알아야 돼!"

남자의 왼손이 펑을 똑바로 가리켰다. 순간 펑은 이가 딱딱 부딪힐 만큼 온몸이 무섭게 떨렸다.

머리가 어질어질 쓰러질 것 같았지만 펑은 똑똑히 보았다. 자신을 가리키고 있는 것은 분명 남자의 왼손 새끼손가락이었다.

공포의 왼손 새끼손가락…….

그러나 더 무서운 일은 그 미스터리한 남자가 떠나고 난 뒤에 일어났다. 펑이 소리를 질러 주변 사람들에게 도움을 청하려는 찰나 남자는 홀연히 사라졌다.

사라지기 전 이런 말을 남겼다.

"얼렁뚱땅 넘어갈 생각은 안 하는 게 좋을 거다. 우린 다시 널 찾아올 거니까."

'우리? 우리라면 한 명이 아니라는 거잖아. 몇 명이나 되는 거지? 대체 어떤 사람들인 거지?'

생각하면 생각할수록 두려움이 엄습해 왔다. 펑은 달리기 시작했다. 달리면서도 누군가 자신을 뒤쫓고 있지 않나 하고 계속 뒤를 돌아보았다.

정신없이 달리던 펑은 검은 카드를 아직도 손에 쥐고 있다는 사실을 깨달았다. 카드를 쥔 손이 불에 덴 듯이 뜨거웠다. 마치 타오르는 불꽃을 손에 쥐고 있는 것 같았다.

손에 든 카드를 보자마자 펑은 냅다 내던졌다. 그러나 아무리 손을 흔들어 털어 내도 카드는 여전히 펑의 손에 붙어 있었다. 뿐만 아니라 점점 더 뜨거워지고 있었다.

조급해진 펑은 손을 들어 카드가 왜 떨어지지 않는지 살펴보았다. 펑이 카드를 자세히 들여다보자 카드의 열기도 점차 가라앉았다. 멍하니 들여다보고 있자니 신비롭게도 검은 카드에 찍힌 흰 점들이 어느 순간 글자로 변했다.

잠시 후, 펑은 또렷이 나타난 글자들을 읽을 수 있었다.

> 2000년 6월 13일 아침 7시 58분 8초, 펑이 금속 핀
> 으로 남자아이가 들고 있던 풍선을 이유 없이 찌름. 100
> 퍼센트 악의성 장난으로 간주됨. 이에 특별 법원이 1992
> 년 여름에 제정한 유효 규정에 따라 본 문서에 기록함.
>
> 7호 감독원

맙소사, 차라리 보지 않은 편이 나았을 뻔했다. 카드에 쓰인 내용을 마지막 한 글자까지 다 읽고 나니 머리부터 발끝까지 와들와들 떨려왔다. 펑은 두려움을 참지 못하고 그만 비명을 지르듯 외쳤다.

"엄마!"

그러자 주변에서 펑을 지켜보던 사람들이 다가와 무슨 일이냐고 물었다.

펑은 어디서부터 이야기해야 할지 몰라 부들부들 떨고만 있었다. 펑을 둘러싸고 있는 사람들 중에는 조금 전 풍선을 들고 가던 남자아이도 끼어 있었다. 아이는 이미 울음을 그친 뒤였다.

"형아 풍선도 바람이 빠졌어?"

아이가 눈을 동그랗게 뜨고 펑에게 물었다.

펑은 다시 달음질쳐 그 자리를 벗어났다. 학교와는 정반대 방향이

었다. 어디로 가고 있는 줄도 모른 채 무작정 달리던 펑은 한참이 지나서야 손 안의 카드가 사라졌다는 것을 깨달았다. 사실 펑이 카드에 쓰인 내용을 다 읽었을 때 이미 카드는 사라지고 없었다. 그제야 펑은 정신이 좀 돌아오는 것 같았다.

학교에 도착하니 벌써 1교시 수업이 끝나 있었다. 2교시 수업을 알리는 종이 땡땡 울렸다. 그러나 펑은 교실에 들어가지 않고 긴 복도를 왔다 갔다 했다. 2교시 수업은 담임 선생님의 국어 수업이었다.

그때, 복도 맞은편 끝에서 담임 선생님이 모습을 드러냈다. 선생님은 또 왼손 새끼손가락으로 펑을 가리키며 물었다.

"너 여기서 뭐 하고 있니?"

펑은 소리쳤다.

"제발 저 좀 내버려 두세요!"

하지만 절규에 가까운 이 외침은 머릿속에서만 맴돌 뿐 입 밖으로 나오지 못했다.

신비한 검은 카드

2000년 여름

7호 감독원이라고 하던 그 낯선 남자 때문에 펑은 1교시 수업을 완전히 빼먹고 말았다. 1교시 수업은 수학이었다. 수학 선생님은 학습 부장인 관리를 시켜 펑에게 오후 자습 시간에 교무실로 오라고 일렀다. 그 시간에 수학 수업을 보충해 준다는 얘기였다. 펑에게 선생님의 말을 전하면서 관리는 내내 콧등으로 흘러내리는 안경을 손끝으로 밀어 올렸다.

펑은 안경 쓴 사람을 그다지 좋아하지 않았다. 더욱이 그 사람이 관리라면 더더욱 싫었다. 펑이 보기에 관리는 이상한 사고방식을 가진 아이였다. 관리의 말에 따르면 안경을 쓰지 않은 사람보다 안경을 쓴 사람이 훨씬 똑똑하다는 것이었다. 관리는 이 웃기지도 않은 논리를 가는 곳마다 이야기하고 다녔다.

"알았지? 자습 시간이야. 잊어버리지 마!"

관리는 가기 전에 펑에게 한 번 더 주의를 주었다.

"안 잊어버려."

펑이 대답했다.

"안 잊어버리긴. 반 애들한테 다 물어 봐. 누가 수업 시간을 잊어버리고 안 오는지. 그것도 1교시를 통째로……."

관리의 핀잔에 펑은 순간 얼굴이 확 붉어졌지만 잠자코 참았다. 그러나 자신이 결코 그냥 참고 넘기지만은 않으리라는 것을 스스로도 잘 알고 있었다.

손끝으로 계속 안경을 밀어 올리는 모습을 볼 때부터 펑은 이미 관리를 어떻게 골려 줄 것인지 궁리하고 있었다. 이런 일에 몰두할 때의 기분은 늘 짜릿해서 다른 것은 곧잘 까맣게 잊어버렸다. 아침에 만났던 낯선 사람도, 검은 카드도 모조리 잊었다. 마치 황사 때 온 하늘을 시커멓게 덮는 모래바람처럼 상대를 골려 줄 생각으로 머릿속이 꽉 찼다.

마침내 관리를 골려 줄 방법을 생각해 낸 펑은 다음 수업 시간이 되자 껌을 입에 넣고 열심히 씹어 대기 시작했다. 아니, '열심히'라기보다는 '미친 듯이' 씹어 댔다는 편이 더 맞을 것이다. 그 시간은 상식(중국 초등학교 교과목 중 하나로, 건강과 생활, 인간과 환경, 일상 과학 기술, 사회와 시민, 국민 정체성 및 문화, 세계와 세대에 대한 기본 지식 등을 다룬다—옮긴이) 시간이었다. 수업 내용 중에 귀가 솔깃할 만한 것은 하나도 없었다. 펑은 지루함을 견딜 수 없어 사력을 다해 입안에 든 껌을 질겅질겅 씹었다. 그때 갑자기 선생님이 펑을 보며 물었다.

"너 계속 뭐라고 중얼중얼하는 거야? 수업 내내 혼자 그렇게 떠들래?"

펑은 깜짝 놀라 씹는 것을 멈췄다. 어찌나 씹어 댔는지 얼굴 근육이 얼얼했다. 펑은 재빨리 껌을 혀 밑에 밀어 넣었다.

"선생님, 저 아무 말도 안 했는데요."

"뭐? 말을 안 해? 한 시간 내내 입을 우물거렸잖아?"

이때 학습 부장 관리가 일어나 말했다.

"선생님, 제가 봤는데 펑은 계속 껌을 씹고 있었어요."

그렇잖아도 관리에게 독을 품고 있던 펑은 이를 악물었다.

'두고 보자, 관리. 제대로 갚아 줄 테다!'

펑은 계속 적당한 때가 오기를 기다렸다. 점심시간이 되어서야 마침내 기회가 왔다. 관리는 늘 집에서 도시락을 싸와 학교에 와서 데워 먹었다. 점심시간이 되면 스테인리스 통에 든 밥과 반찬이 따끈따끈하게 데워져 모락모락 김이 피어올랐다. 관리는 안경에 김이 서리는 것을 막기 위해 밥을 먹기 전 항상 안경을 벗어 놓았다.

펑이 생각한 방법은 간단했다. 관리가 밥을 먹으면서 한눈을 파는 사이 씹고 있던 껌을 뱉어 안경알에 덕지덕지 문지르는 것이었다. 세정제로 닦아 내지 않는 이상 절대로 껌 자국이 지워지지 않도록 말이다.

잠시 후 관리가 안경을 다시 쓰자 흐릿해서 아무것도 보이지 않았다. 관리는 곧장 안경을 들고 펑 앞으로 다가갔다.

"펑, 네 짓이지!"

펑이 시치미 떼는 방법도 매우 간단했다.

"네가 봤어? 내가 그런 거 봤냐고?"

"딱 봐도 껌 자국이네. 오늘 껌 씹은 사람 너 하나뿐인데, 너 아니면 누구겠니? 우리 반에 너 말고 누가 이런 저능아 같은 장난을 치겠어?"

'저능아'라는 말에 펑은 대놓고 뻔뻔해지기로 했다.

"그래, 내가 했다. 그래서 어쩔 건데?"

옆에 있던 차오커가 보다 못해 한마디 했다.

"내 기억에 펑, 넌 애들한테 뭔가를 잘해 준 적이 거의 없는 것 같아."

그러자 펑은 눈을 부릅뜨고 잡아먹을 듯한 기세로 차오커를 쏘아보았다.

"네가 뭔 상관인데? 누가 너보고 참견하래?"

차오커는 펑의 기세에 눌려 주춤했다. 괜히 싸웠다가 언제까지 물고 늘어질지 모를 펑에게 괴롭힘을 당하고 싶지 않았다. 차오커는 펑보다 키도 작고 왜소해서 늘 펑 앞에서 기를 펴지 못했다. 이번에도 마음이 약해진 차오커는 책을 한 권 집어 들고 슬그머니 자리를 피하려고 했다. 그런데 펑 앞을 지나가려는 순간, 그만 앞으로 고꾸라져 바닥에 나뒹굴고 말았다. 펑이 발을 건 것이다.

차오커는 몸을 일으키며 말했다.

"넌 정말 나쁜 애야. 내가 본 애 중에 네가 가장 나빠."

"이제 알았냐?"

펑은 도리어 낄낄대며 비웃었다.

그때 옆에 있던 관리가 갑자기 소리를 질렀다.

"차오커, 너 손에서 피 나!"

주위에 있던 아이들의 시선이 모두 차오커의 손으로 쏠렸다. 넘어지면서 교실 시멘트 바닥에 쓸린 차오커의 손은 살갗이 벗겨져 피가 배어 나오고 있었다. 차오커는 아픈 것보다도 창피해서 울음이 터질 것 같았지만 손을 툭툭 털고는 아무렇지 않은 듯 말했다.

"괜찮아."

그런데 뜻밖에도 펑이 차오커를 붙잡았다.

"잠깐만!"

"왜?"

"방금 네가 손 털 때 네 피가 내 옷에 묻었어. 어떡할 거야?"

정말 펑의 소맷부리에 피 한 방울이 떨어져 있었다.

"빨아 줄게."

"뭐, 빨아 줘?"

펑은 옷을 벗어 차오커에게 홱 집어 던졌다.

"네 피 묻은 옷, 다시는 안 입어. 가서 새 것으로 사 와."

누군가 보다 못해 나서서 펑에게 소리를 질렀다.

"너 진짜 너무한다!"

그래도 펑은 아랑곳하지 않았다.

"알았어……."

차오커는 말없이 펑의 옷을 집어 들었다. 글썽한 눈은 금방이라도 눈물이 떨어질 것 같았다.

"완전히 똑같은 것으로 사 와야 돼!"

펑이 윽박질렀다.

옆에서 이것을 보고 있던 관리가 문 쪽으로 발걸음을 옮겼다.

"선생님께 다 말씀드릴 거야."

그러나 말이 끝나기 무섭게 펑이 쏜살같이 달려가 관리 앞을 가로막았다.

"무슨 얼어 죽을 선생님이야!"

그때였다.

"무슨 얼어 죽을 선생님?"

등 뒤에서 난데없이 어른 목소리가 들려왔다. 고개를 돌려 보니 담임 선생님이 서 있었다. 교실 문을 등지고 서 있던 펑은 담임 선생님이 들어온 것을 미처 보지 못했다. 담임 선생님은 두 손을 주머니에 찔러 넣은 채 꼿꼿이 서서 펑을 내려다보고 있었다.

담임 선생님을 본 펑은 자신도 모르게 선생님의 왼손이 들어 있는 주머니로 시선을 옮겼다. 분명 저 왼손 때문에 기절할 뻔했는데…….

아니나 다를까, 펑은 다시 한 번 똑똑히 보았다. 담임 선생님의 왼쪽 주머니가 요동치고 있었다. 마치 주머니 속에 굶주린 흰쥐 한 마리가 들어가 있는 것 같았다.

담임 선생님은 차오커가 들고 있던 옷을 펑에게 던지며 차가운 얼굴로 말했다.

"따라와."

펑은 아무 말도 못하고 고분고분 선생님의 뒤를 따랐다.

교무실 의자에 앉아서도 선생님은 계속 주머니에 손을 넣고 있었다. 한참이 지나도록 펑이 입을 꾹 다물고 있자 선생님이 먼저 말을 시작했다.

"자, 네가 한 행동에 대해 얘기해 봐."

"뭘 얘기해요?"

펑은 정말 무엇을 말해야 할지 몰랐다.

"뭘 얘기해야 될지 모르겠어?"

펑은 고개를 끄덕였다. 시선은 여전히 선생님의 왼쪽 주머니에 꽂혀 있었다.

"6월 7일 오후, 쉬는 시간에 관리가 반 아이들에게 질문을 하나 던졌지. '단맛을 더 민감하게 느끼는 곳은 혀끝일까, 아니면 혀 안쪽일까?' 아이들은 모두 이 질문에 대해 자신이 생각하는 바를 말했어."

'그런 일이 있었던가?'

기억이 가물가물했다. 담임 선생님의 이야기를 더 들어도 뇌에 마비라도 왔는지 기억이 날 듯 말 듯했다.

"그때 너도 네 생각을 이야기했지."

"제가 뭐라고 했는데요?"

"넌 '발뒤꿈치가 단맛에 가장 민감해'라고 말했단다."

펑은 어안이 벙벙했다.

'내가 이런 말을 했다고?'

"펑, 네가 잘못을 저지르는 빈도는 정말 타의 추종을 불허하는구나. 조금 전까지 네가 연속으로 몇 번 잘못을 저질렀는지 아니?"

"제가 좀 전에…… 그렇게 많은 잘못을 저질렀나요?"

"상식 수업 시간에 껌을 씹은 것. 이것이 첫 번째야. 그 껌으로 관리의 안경을 더럽힌 것. 이것이 두 번째지. 네가 한 행동에 대해 차오커가 한마디 하자 차오커의 발을 걸어 넘어뜨린 것. 이것이 세 번째다. 그리고 네 번째는 차오커가 손을 다쳐 피가 난 것이 순전히 너 때문인데 네 옷에 그 피 한 방울이 묻었다고 차오커에게 변상하라고 한 그 뻔뻔한 태도. 관리가 선생님께 말씀드린다고 하자 '무슨 얼어죽을 선생님'이라고 한 것. 비속어에 무례한 태도가 다섯 번째다."

선생님은 비로소 주머니에서 손을 꺼냈다. 양손에는 각각 다른 물건이 들려 있었다.

그 물건들을 보자마자 펑은 또다시 망치로 머리를 얻어맞은 듯한 기분이 들었다. 담임 선생님의 왼손에는 낯익은 펜이, 오른손에는 신비스런 검은 카드가 들려 있었다. 담임 선생님은 펜을 휘둘러 검은 카드에 빠른 속도로 점을 찍기 시작했다. 카드에는 곧 기괴한 모양의 하얀 점들이 나타났다.

"받아라."

선생님이 펑에게 카드를 내밀었다.

일단 카드를 받았지만 머릿속이 엉망이 된 펑은 어떻게 읽는 것이었는지 도무지 기억이 나지 않았다.

"설마 못 읽는다고 하진 않겠지?"

담임 선생님이 말했다.

"못 읽겠어요……."

"내가 알기로 넌 오늘 아침에도 이것과 똑같은 카드를 읽었을 텐데."

"정말 못 읽겠어요……."

그런데 말을 하는 도중에 조금씩 기억이 되살아나기 시작했다. 아침에 카드를 어떻게 읽었는지 막 기억이 떠올랐을 때, 담임 선생님의 새끼손가락이 눈에 들어왔다. 선생님의 왼손 새끼손가락은 예전처럼 신출귀몰하게 책상을 두드리기 시작했다. 그것을 본 순간 펑은 그만 검은 카드를 손에서 놓치고 말았다. 무심코 허리를 구부려 카드를 주우려고 보니 바닥에는 아무것도 없었다. 카드는 떨어지지 않고 손에 그대로 붙어 있었다.

"카드를 읽어 봐."

담임 선생님이 말했다.

"'매직아이'처럼 보면 되는 거죠?"

"그래, 넌 분명 그 카드를 읽었어. 그런데도 생각이 안 나니?"

펑은 손에 든 검은 카드를 들어 올려 눈앞에 바짝 들이댔다. 어느 순간, 카드 위의 작은 점들이 글자로 변했다.

2000년 6월 13일, 펑이 연달아 다섯 차례의 잘못을 저지름. 이에 특별 법원의 관련 규정에 따라 본 문서에 기록하고, 더불어 본인에게 이를 알리고 경고함.

1호 감독원 청젠

카드를 읽고 나니 이번에도 찬물을 뒤집어쓴 것처럼 온몸이 굳어졌다. '내가 아직도 꿈에서 깨지 못하고 있는 건 아닌가' 하는 생각마저 들 지경이었다. 지금 눈앞에서 일어나고 있는 일들은 도무지 믿을 수도, 이해할 수도 없었다. 하지만 한편으로는 지금이야말로 이 일에 대해 확실히 알 수 있는 기회라는 생각이 들었다. 지금 자신에게 벌어진 이 일들이 대체 무엇인지, 왜 전에는 없었던 이상한 일들이 계속 일어나는지 이참에 확실히 물어보고 싶었다.

펑은 죽어도 놓치지 않겠다는 심정으로 손 안에 든 카드를 꼭 쥐었다.

그때, 담임 선생님이 먼저 침묵을 깼다.

"자습 시간이다. 이제 교실로 가도 된다."

그런데 이게 어찌된 일일까, 담임 선생님이 말을 마치는 순간 펑은 자신이 빈주먹을 쥐고 있다는 사실을 깨달았다. 손바닥을 두 번 세 번 들여다보아도 아무것도 없었다.

"선생님, 저에게 어떻게 하신 거예요? 자세히 좀 말씀해 주시면 안 돼요?"

펑은 담임 선생님을 향해 두 손을 들어 보이며 물었다.

"지금은 너에게 어떤 것도 말해 줄 수 없다. 그저 내가 해야 할 일을 하고 있다는 것, 그것밖에는 알려 줄 수 있는 게 없다."

담임 선생님은 어느새 두 손을 다시 주머니에 넣고, 보기만 해도 으스스 몸이 떨리는, 그 무표정한 얼굴로 펑을 돌려보냈다.

펑은 뭐가 뭔지 도무지 알 수 없었다. 반쯤 넋이 나간 채 교실에 돌아와 주저앉듯이 자리에 앉았다. 교무실에서 교실까지 어떻게 왔는지도 기억이 안 났다. 문득 정신을 차려 보니 차오커가 앞에 서서 말없이 펑을 내려다보고 있었다.

"뭔데? 왜 여기 서 있어? 저리 가!"

"미안한데, 거긴 내 자리야."

차오커의 말에 펑은 책상 속에서 책 한 권을 끄집어냈다. 국어책 표지 위에 차오커의 이름이 쓰여 있었다. 펑은 책을 내동댕이치듯 책상 위에 놓고 자기 자리로 갔다.

자리로 돌아와서도 펑은 한동안 멍한 얼굴로 앉아 있었다. 아무래도 자신의 기억력에 큰 문제가 생긴 것 같았다. 문득 교실을 돌아보니 반 아이들이 펑과 눈이 마주치지 않으려고 애쓰는 눈치였다.

그동안 신경 써 본 적도 없고, 느껴 보지도 못했던 외로움이 온몸을 휘감았다. 펑은 자신도 모르게 집에 있는 나이트를 생각했다.

사랑에 빠진 나이트
2000년 여름

　현관문을 열고 들어서니 집 안 분위기가 어수선했다. 나이트의 모습을 본 펑은 나이트에게 문제가 생겼음을 직감했다. 우선 나이트의 눈이 붉게 충혈되어 있었다. 가까이 가서 들여다보니 나이트의 눈빛이 아무래도 이상했다. 평소와는 확연히 달랐다.

　펑은 나이트 앞에 쪼그리고 앉았다. 나이트의 목구멍에서 꾸르륵 꾸르륵 물 흐르는 듯한 소리가 났다. 사슬에 묶인 발은 털이 닳아 없어진 지 이미 오래였다.

　펑은 손을 뻗어 나이트의 몸을 만져 보았다. 온몸이 땀으로 흥건했다.

　"너 왜 이래?"

　펑이 깜짝 놀라 물었다. 그러나 이내 모든 것을 짐작할 수 있었다.

조금 전까지 나이트는 쇠사슬을 풀기 위해 한바탕 사투를 벌인 것이다. 하루 온종일 쇠사슬과 씨름을 한 모양이었다. 식탁 다리를 살펴보니 이빨로 물어뜯은 자국이 있었다. 의심할 여지없이 나이트의 짓이었다. 아니나 다를까 이빨 사이에 식탁 다리의 갈색 조각이 끼어 있었다. 놀란 펑이 서둘러 쇠사슬을 풀어 주자 나이트는 미친 듯이 흥분해서 공중으로 뛰어오르더니 단숨에 문 앞으로 달려가 앞발로 문을 긁어 댔다.

펑이 그만하라고 고함을 빽 지른 뒤에야 나이트는 간신히 문 긁기를 멈췄다. 그러나 어렵사리 얻은 이 소중한 자유를 놓칠 수 없다는 듯 곧장 발코니로 달려갔다.

발코니 나무 난간 밖으로 머리를 내밀고 나이트는 하늘을 향해 큰 소리로 컹컹 짖어 댔다.

"짖지 마! 시끄러워!"

그러나 나이트의 귀에는 아무 소리도 들리지 않는 듯했다. 펑이 야단치든 말든 나이트는 짖는 것을 멈추지 않았다.

펑은 나이트를 다시 묶어 놓아야겠다고 생각하고 사슬을 집어 들었다. 그러나 사슬을 본 나이트의 눈에 금세 이슬이 맺히기 시작했다. 펑은 사슬을 도로 식탁 밑에 던져 놓고 말했다.

"또다시 짖기만 해봐. 나 숙제해야 돼. 요즘은 내 처지가 너만도 못하다고. 시시때때로 누가 날 감시하고 있다니까."

그제야 나이트는 입을 다물고 조용히 발코니에 엎드렸다. 그러나 머리는 여전히 난간 밖으로 내밀고 있었다.

평이 방으로 들어가 숙제를 시작한 뒤에도 이따금씩 짖는 소리가 들려왔다. 나름대로 온 힘을 다해 참고는 있지만 도저히 어쩔 수 없는 모양이었다. 평은 담임 선생님이 내준 국어 숙제를 끝내 놓고 잠시 쉬기로 했다.

발코니로 나가 보니 나이트가 건물 아래 인도 쪽을 뚫어져라 쳐다보며 온몸을 버둥대고 있었다. 평은 발코니로 가서 아래를 내려다보았다. 건물 아래에는 한 할머니가 하얀 개 한 마리를 데리고 지나가고 있었다.

나이트는 바로 이 개 때문에 그토록 흥분했던 것이다.

평은 나이트를 돌아보며 말했다.

"꿈 깨. 네가 저런 개랑 사귈 수 있을 것 같아? 너랑은 수준이 다른 개야."

그러나 나이트는 아랑곳하지 않았다. 할머니가 개와 함께 길모퉁이로 사라지자 나이트는 아쉬움과 애틋함이 가득 담긴 목소리로 또 한 차례 짖었다.

바로 그때, 나이트에게 기적 같은 일이 벌어졌다. 할머니의 개가 하얗고 긴 털을 나부끼며 나이트가 있는 발코니 쪽으로 달려오는 것이었다. 게다가 발코니 아래에 당도해서는 3층에 있는 나이트를 올려다보며 눈을 맞추기까지 했다!

"진짜 이해가 안 되네. 너 같은 녀석 어디에 매력이 있다고?"

평은 도무지 알 수 없다는 표정으로 새삼 나이트를 뜯어보며 중얼거렸다.

나이트는 조금 전과 달리 아무 소리도 내지 않고 오직 눈으로만 하얀 개와 이야기를 나누고 있었다. 할머니가 와서 다시 끌고 갈 때까지 둘은 그렇게 눈빛만 주고받았다.

하얀 개가 할머니와 함께 사라지자 나이트는 사지에 힘이 풀린 듯 흐느적거리며 바닥에 엎드렸다. 그래도 머리만은 꼿꼿이 난간 밖으로 향했다. 목구멍에서는 아까처럼 꾸르륵꾸르륵 소리가 났다.

퇴근해서 돌아온 엄마가 평에게 물었다.

"네가 나이트 풀어 줬니?"

"네, 나이트가 오늘 좀 이상해요. 눈도 빨갛고, 온몸이 땀으로 흠뻑 젖어 있었어요. 아까부터 계속 목에서 꾸르륵거리는 소리도 나고요. 가서 들어 보세요."

엄마는 발코니 쪽으로 가 좀 떨어져서 나이트를 찬찬히 살펴보았다. 엄마가 다가와도 나이트는 눈만 한 번 끔벅일 뿐 꼼짝도 하지 않았다.

"이 녀석 좀 보게. 내가 왔는데 머리조차 안 드네. 됐다, 평. 이리 와서 나이트 다시 묶어라. 왜 이러고 있는지 더 보고 싶지도 않다."

"엄마, 오늘은 묶지 말아요. 나이트가 좀 아픈 것 같아요."

"아프다고?"

평의 말에 엄마는 금세 긴장한 얼굴이 되어 나이트에게 손을 뻗었다. 그러나 엄마의 손이 막 닿으려는 찰나, 갑자기 나이트가 벌떡 일어나더니 밖을 향해 큰 소리로 짖기 시작했다. 엄마는 깜짝 놀라 그만 바닥에 주저앉고 말았다.

"설마 이 녀석 광견병은 아니겠지?"

"설마요……."

"안 되겠다. 빨리 나이트 묶어라. 까딱하면 이 녀석 사람 물겠다."

펑의 엄마는 나이트를 경계하며 몇 걸음 뒤로 물러섰다.

그때, 나이트가 엄마 쪽으로 고개를 돌리더니 또 한 차례 맹렬하게 짖기 시작했다.

"봐! 광견병 맞는 것 같아. 저 눈 좀 봐. 날 아예 모르는 것 같잖니. 너 무슨 수를 써서든 빨리 저 녀석 내쫓아. 저놈은 정말 예전의 나이트랑은 달라도 너무 달라. 닮은 구석이라고는 하나도 없어!"

엄마가 말을 채 마치기도 전에 나이트는 펄쩍 뛰어 단숨에 엄마 앞으로 왔다. 그리고는 붉은 눈으로 조용히 엄마를 노려보았다.

"펑, 빨리 이 녀석 안 묶고 뭐 하니! 줄, 빨리 줄 가져와!"

엄마는 너무 놀라 뒷걸음질 치다가 식탁 위에 있던 꽃병을 툭 치고 말았다. 꽃병은 몇 바퀴 빙그르르 돌더니 바닥에 떨어져 산산조각이 났다. 그러나 나이트는 놀라는 기색 하나 없이 오히려 한 발 앞으로 다가가 꽃병 조각을 딛고 섰다.

"펑, 너 뭐 하고 있어! 이 녀석이 날 물려고 하잖아!"

엄마는 발뒤꿈치를 들고 벽에 바짝 기대어 섰다. 고개를 잔뜩 수그린 채 몸을 벽에 딱 붙이고는 발끝으로 무거운 몸을 지탱하며 두려운 눈으로 나이트를 바라보았다.

나이트의 발에는 피가 묻어 있었다. 펑이 다가가 나이트의 발을 들어 보니 깨진 꽃병 조각이 박혀 살을 찌르고 있었다. 펑이 꽃병 조각을 빼내자 나이트는 몹시 아픈 듯 눈을 질끈 감았다.

"엄마, 오늘은 나이트 묶지 말아요. 이 녀석 오늘 기분이 엄청 안 좋은 것 같아요."

"그럼 발코니로 데려가! 발코니 문 꼭 닫고 절대 거실 안으로 들어오지 못하게 해!"

발코니에 조용히 엎드린 나이트의 얼굴은 이루 말할 수 없이 복잡해 보였다.

자정이 지나 새벽, 시곗바늘이 대략 4시를 가리킬 무렵이었다. 펑의 엄마는 방에서 곤히 잠들어 있었다. 이따금씩 코고는 소리가 방 밖으로 새어나왔다. 펑은 연달아 세 개의 꿈을 꾸는 중이었다. 그런데 발코니에 있던 나이트가 갑자기 짖기 시작했다. 하늘에서 UFO라도 보았는지 몹시 다급한 목소리였다.

엄마가 방 안에서 펑을 불렀다.

"펑, 가서 나이트 좀 살펴봐라. 또 왜 저러는 거니? 대체 무슨 일이야?"

펑은 잠이 덜 깬 상태로 비틀비틀 발코니로 나갔다. 나이트는 나무 난간 사이로 머리를 내밀고 건물 아래를 바라보며 목이 터져라 짖고 있었다.

어제 본 그 할머니가 하얀 개를 데리고 건물 아래를 지나가고 있었다. 나이트가 짖을 때마다 짧은 털이 부르르 떨렸다. 건물 아래를 지나가던 하얀 개 역시 그곳에 멈춰 서서 나이트를 올려다보았다. 할머니가 아무리 목줄을 당겨도 버티고 선 채 가려 하지 않았다.

"그만 짖어! 안 들려? 그만 좀 짖으라고!"

펑이 외쳤다.

그러나 지금 나이트의 눈에는 아무것도 보이지 않았다. 오직 자신의 목소리를 그 하얀 개에게 전달하는 것 외에는 세상 어떤 것도 중요하지 않은 것처럼 보였다.

나이트의 애타는 마음도 아랑곳없이 하얀 개는 할머니에게 이끌려 그 자리를 떠나고 말았다. 하얀 개가 완전히 사라질 때까지 눈을 떼지 못하던 나이트는 더 이상 그 개가 보이지 않자 고개를 들고 새벽하늘을 바라보며 다시금 짖기 시작했다. 그러나 조금 전과는 사뭇 다른 목소리였다. 펑마저도 마음이 흔들릴 만큼 구슬픈 목소리였다.

잠자리에서 일어난 엄마가 머리를 빗으면서 투덜댔다.

"나이트 저 녀석, 제정신이 아니야. 아주 힘이 남아도는 모양이지. 펑, 오늘은 나이트에게 아무것도 주지 마라!"

나이트는 한참을 짖어 대고 나서야 조금 안정을 되찾은 모양이었다. 하지만 아직도 머리를 난간 밖으로 내밀고 꼼짝 않고 하얀 개가 사라진 곳만 하염없이 바라보고 있었다.

엄마는 출근을 하고 펑도 학교 갈 준비를 마쳤다. 현관문을 잠그기 전 펑은 발코니 쪽을 흘깃 바라보았다. 나이트는 여전히 멍한 얼굴로 그곳에 서 있었다. 사랑에 푹 빠진 모습이었다.

수업을 마치고 오자마자 펑은 나이트를 찾았다. 그런데 나이트의 모습이 보이지 않았다. 집 안 구석구석을 샅샅이 뒤져 보아도 나이트를 찾을 수 없었다. 한참이 지나서야 펑은 집에 나이트가 없다는 사실을 깨달았다. 그러나 현관문은 단단히 잠겨 있었다. 무슨 수를 써도 개가 이 문을 열 수는 없었다.

펑은 멍한 얼굴로 발코니에 섰다. 그럼 대체 어떻게 사라졌단 말인가? 펑의 시선이 나무 난간에 꽂혔다. 난간 위에는 나이트의 이빨 자국이 나 있었다. 얼마나 세게 물어뜯었는지 자국이 난 곳은 깊이 패어 있었다. 그렇게도 이가 가려웠나?

펑은 다시 고개를 숙여 건물 아래 인도를 내려다보았다. 눈앞이 아찔했다.

'설마 3층에서 뛰어내렸을까?'

상상만 해도 심장이 떨리고 머리가 어질어질했다.

하지만 여기서 뛰어내린 것이 아니라면 날개라도 달려서 날아갔단 말인가? 날개 없이 이 높은 곳에서 떨어진다면 어떻게 될까? 사람이라면 고기 전병처럼 납작해질 것이고 나이트 역시 길바닥에서 사지를 뻗었을 것이다.

펑은 쿵쾅거리며 건물 아래 인도로 내려가 보았다. 혹시라도 땅에 핏자국이나 떨어진 흔적이 있는지 보기 위해서였다. 그러나 아무것도 발견할 수 없었다. 펑은 다시 고개를 들어 자신의 집 나무 발코니를 올려다보았다.

'만약 예전의 긴 털 나이트였다면 3층이라도 뛰어내릴 수 있었을 거야.'

저녁이 되어 펑의 엄마가 집으로 돌아왔다.

"나이트가 없어졌어요."

펑의 말에 엄마도 한순간 멍한 얼굴이 되었다. 그러나 엄마는 곧 홀가분하다는 듯 말했다.

"차라리 잘됐네. 그런 개는 안 키우느니만 못해."

나이트가 얼마나 이상하게 종적을 감췄는지 막 이야기하려던 펑은 엄마에게 더 이상 말을 꺼내는 것이 무의미하게 느껴졌다.

어느덧 밤이 깊었다. 잠들기가 무섭게 꿈을 꾸는 펑은 한창 신나는 꿈을 꾸다가 퍼뜩 잠에서 깨어났다. 나이트가 짖는 소리를 들은 것 같았다. 펑은 헐레벌떡 엄마 방으로 달려갔다.

"엄마, 엄마, 일어나 보세요!"

"왜, 무슨 일인데?"

엄마가 화들짝 놀라 몸을 일으켰다.

"엄마, 좀 전에 나이트가 짖는 소리를 들었어요."

엄마는 펑의 엉덩이를 툭 치며 눈을 흘겼다.

"무슨 자다가 봉창 두드리는 소리야? 너 지금 몇 시인지 아니? 새

벽 1시다. 얼른 가서 자."

엄마는 다시 침대에 드러누웠다.

분명 나이트 소리였는데……. 잘못 들었을 리 없다고 생각한 펑은 혼자 발코니로 가서 다시 한 번 귀를 기울였다. 주위는 고요했다. 한참을 더 기다려 보았지만 더 이상 아무 소리도 들려오지 않았다. 하는 수 없이 펑은 방으로 돌아가 다시 잠을 청했다. 그런데 막 잠이 들려는 찰나 또다시 나이트의 소리가 들려왔다. 처음 들었을 때보다 더욱 또렷했다. 어젯밤의 구슬픈 느낌까지 그대로였다.

정신이 번쩍 든 펑은 다시 발코니로 달려 나갔다. 하지만 이번에도 아무 소리도 듣지 못한 채 돌아서야 했다.

그렇게 나흘이 흘러갔다. 그때까지도 나이트는 그림자조차 보이지 않았다.

"이번엔 틀림없이 안 돌아올 거야."

엄마가 말했다.

닷새째 되는 날은 주말이어서 학교에 가지 않았다. 펑은 나이트를 찾으러 집을 나섰다. 아무리 생각해도 3층 발코니에서 개가 감쪽같이 사라져 버렸다는 것을 믿을 수 없었다.

'정말 말도 안 되는 일이잖아. 누가 그 이야기를 믿겠어?'

세 개의 도로, 여섯 개의 단지, 온 동네를 여기저기 돌아다녀 보았지만 나이트의 흔적도, 나이트를 보았다는 사람도 찾지 못했다. 펑은 더위에 그만 녹초가 되고 말았다. 큰 아이스크림을 한꺼번에 세 개나 먹어 치웠지만 그래도 속에서 후끈후끈 열이 나는 것 같았다.

바로 그때, 펑의 눈이 휘둥그레졌다. 그 하얀 개였다. 그토록 나이트의 애를 태우던 하얀 개가 저쪽 나무 그늘 아래에서 할머니의 품에 안겨 있었다. 할머니는 개를 안은 채 종이부채로 부채질을 하고 있었고, 그 앞에는 찻주전자가 하나 놓여 있었다. 나흘 전 나이트는 바로 이 개를 찾으러 간 게 아니었을까?

펑은 잠시 기다렸다가 그 할머니 뒤를 따라가 보기로 했다. 할머니의 집을 알아 두는 것이 좋을 것 같았다.

시간이 지나 마침내 할머니가 찻주전자를 들고 일어섰다. 하얀 개도 할머니의 뒤를 따랐다. 둘은 오래된 연립 주택 안으로 들어갔다. 건물 아래에는 작은 창고들이 죽 늘어서 있었고 창고마다 작은 철문이 달려 있었다. 각 가구마다 안 쓰는 물건들을 따로 보관해 두는 용도로 쓰이는 것 같았다.

할머니가 개를 끌고 작은 창고들 앞을 지날 때 펑은 하얀 개가 독특한 행동을 하는 것을 눈여겨보았다. 하얀 개는 여러 개의 창고들 중 하나에 다가가 코끝으로 계속 냄새를 맡으며 그 철문 앞을 떠나지 않았다. 바로 그때, 그 철문 안에서 펑이 익히 들어온 소리가 들려왔다.

나이트였다! 나이트가 아직 살아 있었다!

펑은 곧바로 창고 앞으로 달려가 큰 소리로 외쳤다.

"나이트! 나이트!"

그러자 할머니가 놀란 눈으로 펑을 바라보았다.

"너희 집 개였니? 이놈이 글쎄 나흘 전에 내 바지를 물고 늘어져서 큰 구멍을 냈지 뭐니. 하도 괘씸해서 이놈을 우리 집 창고에 가둬 놓았지. 이놈이 물어뜯은 바지 값 먼저 변상하고 집에 데리고 가거라."

"먼저 문부터 좀 열어 주세요. 저희 집 개가 맞는지 볼게요."

"털이 짧고 원숭이같이 생긴 개란다."

의심할 여지도 없이 나이트였다.

펑은 주머니를 뒤져 보았다. 칠 위안이 나왔다.

"제가 가지고 있는 돈 전부예요. 여기 일 자오(중국의 화폐 단위. 일 위안의 10분의 1─옮긴이)도 있어요. 이거 다 드릴 테니 저희 개 데리고 가면 안 될까요?"

그러자 할머니는 목소리를 누그러뜨리며 말했다.

"어린 네 용돈까지 받을 생각은 없다. 대체 어느 집에서 이런 개를 기르는지 알고 싶었을 뿐이야. 이런 놈도 기르는 사람이 있다니. 자, 얼른 이 녀석을 데리고 가거라. 오늘 네가 안 왔으면 난 저 녀석이 굶어 죽든 말든 계속 이곳에 내버려 뒀을 게다."

할머니는 허리춤의 열쇠 꾸러미에서 열쇠 하나를 빼들더니 녹슨 자물통을 따고 창고 문을 열었다.

바닥에 엎드려 있던 나이트가 고개를 들었다. 펑을 본 나이트는 닭똥 같은 눈물을 주르르 흘렸다. 나이트의 몰골은 펑조차 알아보기 힘들 지경이었다. 나흘 동안 물 한 방울 입에 넣지 못한 나이트는 짖기는커녕 일어설 힘조차 없어 보였다. 마치 사막에서 말라죽은 짐승 뼈다귀를 보는 것 같았다.

이런 나이트의 모습에 펑은 자신도 모르게 울음이 터져 나왔다. 한달음에 달려가 나이트를 들어 올렸다. 나이트의 몸은 종잇장처럼 가벼웠다.

"너 대체 어떻게 여기까지 온 거야? 3층에서 뛰어내린 거야? 저 하얀 개 때문에? 이 멍청아! 죽으려고 작정했어?"

펑은 어렵사리 찾은 나이트를 꼭 안고 집으로 돌아왔다. 펑의 품에 안긴 나이트는 굶주림에 지쳐 눈조차 뜨지 못했다.

집에 돌아온 펑은 먼저 설탕물을 한 컵 타서 나이트의 입에 넣어 주었다. 그런 다음 화장실로 안고 가 정성껏 목욕을 시켜 주었다. 나이트는 몸을 씻는 동안에도 여전히 눈을 감은 채 축 늘어져 있었다.

목욕을 마친 나이트는 하루 낮 하루 밤을 잠만 잤다. 펑의 엄마는 한숨을 푹 내쉬며 말했다.

"여태 살아 있었다니, 정말 명줄 한번 긴 녀석이네."

꼬박 하루를 자고 일어나 기운을 되찾은 나이트는 가장 먼저 발코니로 갔다. 그렇게 고생을 하고도 지치지도 않는지 또다시 난간 밖으로 머리를 내밀고 아래를 내려다보았다. 나이트는 무슨 생각을 하고 있는 걸까? 펑은 그런 나이트를 물끄러미 바라만 보았다.

잃어버린 팔 년
2000년 여름

확실히 이상했다.

우선은 사람들이 펑에게 던지는 알 수 없는 시선이 그랬다. 언제부터인가 사람들은 종종 복잡하고 이상야릇한 눈길로 펑을 쳐다보곤 했다. 그럴 때마다 펑은 불에 덴 듯 얼굴이 화끈거렸다.

오후에 일어난 일만 해도 도통 이해가 되지 않았다. 이날 펑은 군것질을 하러 자주 가는 슈퍼마켓에 들렀다. 무엇을 살지 이것저것 둘러보는데, 포장지 겉면에 '똘똘이'라고 쓰인 젤리가 눈에 띄었다. 전에 못 보던 새로운 젤리였다. 펑은 금세 흥분해 군침을 삼켰다. 맛있는 것이라면 그 어떤 것도 놓치지 않는 펑이었다. 텔레비전 광고에 나오는 군것질거리 중에서 펑이 맛보지 않은 것은 아무것도 없었다. 그것이 무엇이든 펑의 눈에 띄는 순간 삽시간에 펑의 뱃속으로 들어갔다.

"똘똘이 젤리? 이걸 왜 이제야 본 거지?"

기분이 좋아진 펑이 크게 외쳤다. 그러자 머리가 희끗희끗한 가게 아주머니가 그 말을 듣고 대꾸했다.

"인제야 보기는. 팔 년 전에 너 매주 두 번씩 와서 그거 사 갔잖니."

"네? 팔 년 전이면…… 제가 두 살 때 일주일에 두 번씩 여길 와서 이 젤리를 사 갔다고요?"

펑의 두 손이 바르르 떨리기 시작했다. 기억에 혼란이 올 때면 곧잘 이렇게 두 손이 떨리곤 했다.

아주머니는 고개를 저으며 안타깝다는 듯 중얼거렸다.

"불쌍한 것. 어쩌다 기억을 잃어버려서……."

펑은 똘똘이 젤리 한 봉지를 사 들고 집으로 돌아왔지만 먹고 싶은 생각은 이미 싹 달아났다. 그보다 들고 있던 젤리 봉지를 나이트의 발 앞에 툭 내려놓고 물었다.

"너 예전에 이거 본 적 있어?"

나이트는 벌떡 일어나 코끝을 젤리에 들이대고 냄새를 한번 맡더니 금세 막대기같이 바짝 마른 꼬리를 이리저리 흔들었다. 본 적이 있다는 뜻이었다. 펑은 절망적인 기분이 되어 바닥에 주저앉았다. 온몸의 기운이 쭉 빠져나가는 것 같았다.

다시 한번 나이트에게 물었다.

"확실해? 전에 이걸 본 적이 있다고?"

나이트는 왜 자꾸 묻느냐는 듯 "멍!" 하고 크게 짖었다. 더 이상 물어볼 필요도 없다는 뜻이었다.

펑은 크게 한숨을 내쉬었다.

"그래, 분명 전에 본 적이 있는 젤리라는 거지? 네가 아니라 내가 문제인 모양이다. 내 기억력에 뭔가 크게 문제가 생긴 것 같아."

펑이 순순히 자기 탓이라고 하자 나이트의 눈빛도 부드러워졌다.

"넌 내 기억력에 이상이 있다는 걸 알고 있었어?"

나이트는 '그렇다'고 대답하고 싶을 때마다 늘 그랬듯 고개를 한쪽으로 비스듬히 기울였다. 펑은 나이트의 대답에 기분이 더 나빠졌다.

"예전의 긴 털 나이트라면 그렇다고 대답하고 싶을 때 다른 방식으로 표현했을 거야. 너처럼 그렇게 고개만……."

순간 펑은 말을 멈췄다. 나이트의 눈빛이 확 달라져 있었다. 조금 전 부드러웠던 눈빛이 원망이 가득 담긴 눈으로 바뀌었다. 평소에도 종종 보아 왔던 눈빛이었다. 예전의 나이트는 이렇지 않았다. 펑이 기억하는 예전 나이트의 눈빛은 주인을 향한 이해심과 충성심만 가득했었다.

그날 저녁, 엄마에게서 전화가 왔다. 엄마는 가게에 들어온 물품들을 하나하나 살펴봐야 해서 내일 새벽이나 되어야 집에 들어갈 것 같다고 했다.

"안 돼, 엄마 오늘 꼭 집에 와야 돼요. 그럴 일이 있어. 엄마, 듣고 있어요? 저 엄마한테 여쭤볼 게 있다고요."

엄마가 물었다.

"뭔데? 전화로 얘기해 봐."

"전화로는 안 돼요. 엄청 중요한 일이야. 꼭 엄마 얼굴 보고 이야기해야 돼요."

"대체 무슨 일이야? 뭘 물어보려고?"

평은 분명하고 단호하게 대답했다.

"내 나이에 관한 거예요."

수화기 너머로 한동안 침묵이 흘렀다. 이윽고 엄마가 입을 열었다.

"알았어. 엄마가 지금 바로 갈게."

수화기를 내려놓은 평은 온 집 안을 뒤집어 놓다시피 하며 갑자기 무언가를 찾기 시작했다. 나이트는 평이 대체 무엇을 찾는지 알 수 없었지만 지금 그것을 찾느라 제정신이 아니라는 것만은 분명히 알 수 있었다. 평은 옷장이며 책상 안에 있던 책과 종이들을 모조리 꺼내 샅샅이 뒤졌다. 거실은 온통 평이 늘어놓은 종이들로 가득했다. 나이트는 보다 못해 평을 향해 한 차례 짖었다. 주위를 좀 둘러보라는 뜻이었다. 그러나 평은 나이트에게 신경 쓸 겨를이 없어 보였다.

마침내 기다리던 엄마가 문을 열고 집으로 들어섰다. 엄마는 산더미처럼 쌓인 종이 속에 드러누워 멍하니 허공을 바라보고 있는 평을 보고 두 눈이 휘둥그레졌다.

"이게 다 뭐냐? 너 지금 뭐 하고 있어? 대체 뭘 찾는다고 거실을 이렇게 어질러 놓은 거야?"

엄마는 평을 일으켜 앉히고 집 안을 치우기 시작했다.

"엄마, 거실은 나중에 치우고, 저 꼭 보고 싶은 게 있어요."

"뭔데?"

"제 호적이요."

"뭐? 네 호적?"

"네, 제 호적이요."

펑은 엄마가 일부러 못 알아들은 척하는 것을 느낄 수 있었다.

"자기 이름이랑 생년월일 같은 것 적혀 있는 거요. 사람마다 다 호적이란 게 있잖아요."

펑의 엄마는 표정이 굳어지며 종이를 치우던 손을 멈추고 그 자리에 앉았다.

"펑, 우리 집은 호적이 없어."

"네? 왜요? 우리 집은 다른 집들이랑 달라요?"

이번에는 펑이 놀라 벌떡 일어섰다.

"나도 잘 모르겠다."

"뭘 잘 모르겠다는 건데요?"

엄마는 고개를 흔들었다.

"아들, 엄마도 할 수 있는 건 다 해 봤어."

"엄마는 내가 좀 이상하다는 생각 안 들어요?"

"넌 엄마가 배 아파 낳은 엄마 아들이야. 이상할 게 뭐가 있어? 단지…… 그냥 좀……."

엄마는 다시 말끝을 흐렸다. 펑에게 어디서부터 어떻게 이야기해

줘야 할지 알 수가 없었다.

펑은 엄마에게 꼭 물어보고 싶었던 중요한 질문을 던졌다.

"엄마, 난 지금 몇 살이에요?"

"열 살이지. 초등학교 5학년(중국은 만 6세에 초등학교에 입학한다 ―
옮긴이)."

"진짜로요, 엄마!"

갑자기 펑의 목소리가 커졌다. 그 바람에 잠자코 있던 나이트가
깜짝 놀라 몸을 일으켰다. 온몸의 짧은 털이 바짝 곤두서며 풍선처
럼 몸이 부풀었다. 나이트는 엄마를 향해 "멍!" 하고 짖었다.

펑은 나이트의 표정을 살피고 다시 엄마를 바라보며 말했다.

"봐요, 엄마. 나이트도 엄마 말이 틀렸다는 걸 알잖아요."

"저 녀석이 뭘 알아?"

"아니에요. 제가 보기에 나이트가 그렇게 멍청한 녀석은 아닌 것
같아요."

나이트는 이 말을 듣고 펑에게 달려와 앞발을 펑의 가슴팍에 올려
놓고 펑의 얼굴을 사랑스럽게 핥아 대기 시작했다.

그때, 엄마의 휴대 전화가 울렸다. 엄마는 짧게 통화를 끝내고 펑
에게 말했다.

"다시 나가 봐야겠다."

엄마는 멍하니 서 있는 아들을 뒤로하고 집을 나섰다. 엄마의 뒤
통수에 대고 펑이 외쳤다.

"엄마! 저 대체 몇 살이냐고요!"

옆에서 나이트도 시끌벅적 짖어 댔다. 그 소리가 엄마를 집어삼킬 것만 같았다.

나이트의 짖는 소리는 펑의 목소리보다 더 요란했다. 엄마가 이미 계단을 내려가 버린 것을 안 펑은 나이트에게로 고개를 돌렸다.

"그만 짖어. 네 마음 알겠어. 너도 내가 이렇게 계속 아무것도 모르고 지내기를 바라지 않는 거지?"

나이트는 고개를 비스듬히 기울이고 펑의 얼굴을 지그시 바라보았다. 펑이 자신을 친구로 대해 주자, 나이트는 마냥 행복했다. 그러나 펑의 마음은 복잡하기 이를 데 없었다. 마치 무겁고 커다란 돌덩이가 가슴을 짓누르고 있는 것만 같았다. 밖으로 나가 바람이라도 쐬면서 이 무거운 것을 빨리 내던져 버리고 싶었다. 가슴에 걸려 있는 것을 조금도 남김없이 씻어 내고 싶었다.

펑은 구시가로 나왔다. 오늘따라 눈에 보이는 것마다 거슬리고 못마땅했다. 길을 건너려고 하면 길게 늘어선 차들이 앞을 가로막기 일쑤였다.

화가 날 대로 난 펑은 파란불이 켜지기도 전에 횡단보도로 한 걸음 내디뎠다. 그때, 빠른 속도로 달려오던 택시 한 대가 끼이익 소리를 내며 급정차했다. 너무 급히 차를 세우는 바람에 차체가 옆으로 빙 돌아 도로를 가로막게 되었다. 이때문에 양쪽에서 오가던 차들이 한데 뒤엉켜 도로가 그만 아수라장이 되고 말았다.

혼잡한 도로를 바라보던 펑은 그만 웃음을 터뜨렸다.

그 순간, 누군가가 펑의 어깨를 툭 쳤다. 뒤돌아보니 작달막한 키에 뚱뚱한 남자가 서 있었다. 남자의 통통한 얼굴은 주름 하나 없어 도무지 나이를 가늠할 수 없었다. 어쨌든 모르는 사람이 분명했다.

"누구세요?"

펑의 물음에 남자가 말했다.

"난 너를 아는데."

"누구신데요? 어떻게 저를 아세요?"

"나 페이커성이야."

남자의 이름을 듣는 순간 펑은 어쩐지 기분이 묘했다.

"나 페이커성이야. 작년에 고등학교 졸업하고 지금은 대학 과정을 독학(중국에는 대학 졸업의 학력을 인정하는 독학사 시험이 있다—옮긴이) 하고 있어……."

펑이 남자의 말을 가로막으며 물었다.

"그게 저랑 무슨 상관인데요?"

"너…… 아직 기억이 돌아오지 않았구나."

"제 기억이 어떻다고요. 전 멀쩡해요. 절 언제 봤다고 제 기억이 이러니저러니 하는 거예요?"

"내가 말해도 넌 믿지 않을 거야."

이 말을 들은 펑은 그 어느 때보다 진지한 표정이 되었다.

"믿고 안 믿고는 내가 판단할 테니 일단 얘기해 보세요."

페이커성이 입을 열었다.

"팔 년 전에 우리는 같은 반이었어."

"하, 장난하세요?"

펑은 첫마디를 듣고는 그만 돌아섰다.

"잠깐만 더 들어 봐."

페이커성이 펑을 붙잡았다.

"딱 한 번만 이야기할게. 팔 년 전에 우리는 같은 반이었어. 그러니까 넌 지금 우리보다 팔 년이 뒤처진 셈이지. 지금 널 보니 아무래도 네 기억이 조금도 돌아오지 않은 것 같은데, 우리가 모두 힘을 합쳐서 널 도와줄게. 네가 얼른 회복되어서 정상인으로, 착하고 평범한 사람으로 살아갈 수 있도록 말이야."

펑은 반신반의한 표정으로 대꾸했다.

"소설 참 잘 쓰시네요. 하마터면 사실이라고 믿을 뻔했어요."

"그래, 넌 본래부터 자기 고집이 있는 애였지. 게다가 팔 년간 기억을 잃었으니……. 네가 남의 말을 이렇게 관심 있게 듣고 있는 것만으로도 대단한 거야."

상대의 진지한 말투에 펑의 얼굴빛이 달라졌다.

"잠깐만요. 그러니까 지금 한 말이 농담이 아니라 다 진짜라는 거예요?"

페이커성은 대답 대신 자신의 왼쪽 주머니에서 검은 카드 한 장을 꺼냈다.

"자, 이걸 한번 보면……."

"으악! 형도…… 무슨…… 몇 호 몇 호 하는 감독원이에요?"

펑은 입술이 파랗게 질리며 말을 더듬었다.

페이커성은 그런 펑을 보며 가만히 미소 지었다.

"그래도 네 기억력이 아주 절망적인 상태는 아니구나."

"나 그 카드 읽고 싶지 않아요. 나도 알아요. 좀 전에 내가 신호를 지키지 않은 것 때문에 차들이 막혀 도로가 엉망이 되었다는 거요."

"그래, 그렇게 말해 주니 안심이 되네. 그래도 절차라는 게 있으니 이 카드를 꼭 한번 봐."

예전에 같은 반 친구였다는 말에 펑도 두려움을 누르고 카드를 들여다보았다. 카드 위에 쓰인 자신의 잘못보다 그가 97호 감독원이라는 데 더 관심이 갔다. 펑이 카드를 모두 읽자 페이커성은 다정하게 손을 들어 펑에게 인사를 하고는 자기 갈 길을 갔다.

멍하니 넋을 잃고 서 있던 펑은 페이커성의 모습이 시야에서 완전히 사라지려 할 때에야 뒤늦게 외쳤다.

"말해 줘! 이게 다 진짜라는 거야?"

페이커성은 못 들은 것 같았다. 펑은 포기하지 않고 다시 외쳤다.

"그럼 난 지금 열여덟 살이라는 거지?"

페이커성이 얼핏 골목 모퉁이를 돌아서는 것이 보이자 펑은 그쪽을 향해 있는 힘껏 달렸다. 그러나 펑이 도착했을 때 골목에는 아무도 없었다. 커다란 쓰레기통 하나만 덩그러니 놓여 펑을 비웃을 뿐이었다.

얼떨떨한 얼굴로 골목 어귀에 한참을 서 있던 펑은 자신이 어느새 울고 있음을 깨달았다.

한바탕 실컷 울고 난 펑은 여전히 충격이 가시지 않은 목소리로 되뇌었다.

"내가 팔 년을 뒤처졌다니, 팔 년……. 팔 년이나 뒤처졌다니!"

펑은 오늘 일을 잊지 않으려고 안간힘을 썼다. 이 일생일대의 중요한 사건을 또다시 까맣게 잊어버릴 수 없었다. 그러나 어찌된 셈인지 시간이 지나자 어느 순간 머릿속이 백지처럼 텅 비어 버렸다.

숨이 턱에 차도록 쫓아간 사람은 이미 사라지고 없었고, 자신이 조금 전에 되풀이해서 중얼거린 말조차 기억이 나지 않았다. 단지 그 것이 매우 중요한 사실이었다는 것만 어렴풋이 남아 있을 뿐이었다. 아무리 기억하려 애써도 아무것도 떠오르지 않자 펑은 그만 절망적 인 기분이 되어 길 한복판에서 외쳤다.

"다 잊어버렸어!"

또다시 울음이 터져 나왔다. 연거푸 두 번이나 울음을 터뜨린 하 루였다.

질투와 진심
2000년 여름

펑은 자신이 조금 전 울었다는 것조차 금세 잊고 다시금 기분이 좋아졌다. 심심한 오후를 보내던 펑은 아시아시네마(하얼빈 난강 구에 위치한 영화관─옮긴이)에 가서 영화를 보기로 했다. 두 편 연속 상영하는 영화를 보며 펑은 끊임없이 군것질거리를 입에 집어넣었다. 펑이 음식을 먹는 속도는 남달랐다. 음식이 식품 분쇄기 같은 입으로 들어가면 뱃속은 성능 좋은 분리기처럼 일사불란하게 음식물에서 열량을 생성하고 나머지는 배설물로 내보냈다.

두 번째 영화가 시작되자 펑은 앞서 본 영화 내용 따위는 까마득히 잊었다.

한창 영화를 보고 있는데, 한 쌍의 젊은 남녀가 극장으로 들어왔다. 펑의 바로 앞자리에 나란히 앉은 두 남녀는 서로 다정하게 머리를 기대고 영화를 보기 시작했다. 펑은 스크린보다 두 사람의 머리로 자꾸만 눈이 갔다.

영화 속 장면보다 눈앞의 광경이 더욱 눈을 잡아끌었다. 펑은 두 남녀에게 눈을 고정시킨 채 무의식적으로 군것질거리를 입에 욱여넣었다. 이때 펑의 뒤에 있던 사람이 어깨를 쳤다.

"어이, 꼬마야, 먹는 소리가 너무 시끄럽다."

그제야 펑은 자신이 지나치게 큰 소리로 음식을 먹고 있음을 깨달았다. 앞에 앉은 두 사람에게 정신이 팔려 자신이 먹는 소리조차 의식하지 못했던 것이다. 두 번째 영화는 전쟁 영화였는데, 흐르는 피와 총포의 화염이 스크린을 온통 붉게 물들이고 있었다.

붉은 빛이 번쩍거리며 어두운 영화관이 환해지는 순간 앞좌석에 앉은 여자의 모습이 펑의 눈에 확 들어왔다. 펑은 대번에 그 사람이 누구인지 알아볼 수 있었다. 그 사람은 음악 선생님, 펑의 아름다운 천잉 선생님이었다!

펑은 벌린 입을 다물지 못한 채 그대로 굳어 버렸다. 그사이 음악 선생님은 옆에 앉은 남자의 어깨 위에 머리를 살며시 기댔다.

펑은 바늘방석에 앉은 기분이었다. 눈을 어디에 두어야 할지 몰라 공연히 사방을 두리번거렸다. 마치 눈에 화상이라도 입은 것처럼 눈알이 후끈거렸다.

펑은 자리에서 일어났다. 그리고 어두운 통로를 따라 영화관 밖으로 나왔다. 목이 탔다. 목구멍에서 불이라도 난 것처럼 갈증이 났다.

펑은 아이스크림을 하나 사서 게걸스럽게 먹어 치웠다.

조금 전까지 바짝바짝 타들어가던 속이 아이스크림 덕분에 잠시 가라앉는 듯했다.

펑은 속에서 왜 그렇게 화르르 불꽃이 피어올랐는지 알 것 같았다. 그토록 좋아하는 음악 선생님이 다른 남자의 어깨에 다정하게 기대는 것을 보았기 때문이다.

그것은 질투였다.

아이스크림을 다 먹은 펑은 아직도 불꽃이 남아 있는지 가슴에 가만히 손을 대보았다. 그리고 아이스크림을 하나 더 샀다. 펑은 그것을 들고 극장 안으로 다시 들어갔다.

자리로 돌아온 펑의 시선이 자연스럽게 음악 선생님의 짧은 머리에 꽂혔다. 자신이 무엇을 하려는지 펑도 그제야 깨달았다. 그러나 행동에 옮기려다 말고 잠시 망설였다. 아주 잠깐이지만 자신이 남자 입장이라면 어떤 기분일지 상상해 보았다. 하지만 막상 눈앞의 광경을 보니 그런 생각은 순식간에 사라져 버리고 말았다.

옆에 앉은 남자가 먹을 것을 입에 넣어 주자 선생님은 수줍게 받아먹었다. 그러자 남자는 또다시 먹을 것을 선생님의 입에 넣어 주었다. 그 순간 펑은 간신히 억누르고 있던 감정이 폭발하고 말았다. 적진을 향해 수류탄이 날아가듯 펑의 손에 들려 있던 아이스크림이 두 사람의 머리 쪽으로 힘차게 날아갔다.

아이스크림을 던지면서 펑은 깨달았다. 왜 자신이 먹지도 않을 이 아이스크림을 샀는지를. 우윳빛 아이스크림은 순식간에 음악 선생님의 머리를 엉망으로 만들어 놓고 말았다.

"누구얏!"

선생님이 자리에서 일어나 화가 잔뜩 난 목소리로 외쳤다.

펑은 자기도 모르게 자리에서 벌떡 일어섰다. 자신은 조금도 잘못한 것이 없었다. 오히려 솔직하게 의사 표시를 한 것이었다. 펑은 음악 선생님에게 확실히 말해 주고 싶었다. 음악 선생님이 다른 남자 품에 기대고 있는 모습은 정말 보고 싶지 않다는 것을!

그러나 다음 순간, 호랑이같이 당당하던 펑의 기세는 생쥐처럼 쪼그라들고 말았다. 음악 선생님 옆에 있던 남자가 자리에서 일어나 펑 앞으로 다가왔다.

"네가 그런 거냐?"

펑이 대답할 말을 찾기도 전에 남자는 무서운 힘으로 펑의 멱살을 틀어쥐었다. 그리고 그대로 펑을 끌고 통로를 지나 영화관 밖으로 나왔다.

"너, 몇 살이야? 한 열 살쯤 됐으려나? 콩알만 한 녀석이 벌써부터 이런 짓을 해?"

밝은 햇살 아래 드러난 남자의 모습은 퍽 준수했다. 잘생긴 얼굴에 호리호리하게 균형 잡힌 몸, 서슬 푸른 두 눈은 펑의 뼛속까지 찌를 듯 차갑게 빛을 발하고 있었다.

음악 선생님이 두 사람을 따라 영화관 밖으로 나왔다. 선생님은 아직 평을 알아보지 못한 채 화장지로 머리에 묻은 아이스크림을 연신 닦아 내고 있었다.

평은 음악 선생님을 향해 간절한 눈빛으로 구조 요청을 했다.

"선생님, 저 평이에요!"

"아니, 네가 왜 여기 있니?"

선생님이 깜짝 놀란 눈빛으로 평을 바라보았다.

"누군데? 아는 애야?"

남자가 선생님을 향해 물었다.

"우리 학교 5학년 학생이야."

남자는 선생님의 대답을 듣더니 더욱 소리를 높였다.

"초등학교 5학년생이 커서 뭐가 되려고 벌써부터 이런 짓을 해! 이 녀석 나중에 뭔 일을 낼지 모를 놈이네!"

남자는 멱살 쥔 손을 놓고 이번에는 귀를 잡아당겼다.

평은 아프다 못해 귀에서 열이 나는 것 같았다. 금방이라도 귀가 떨어져 나갈 것 같았다.

"그만해. 왜 이런 짓을 했는지 좀 들어 보고."

음악 선생님이 남자 친구를 말렸다.

"이 꼬마 녀석부터 쫓아 보내고 영화를 봐도 봐야지."

"영화 그만 볼래. 더 이상 볼 기분도 아니고. 오늘은 그만 들어가."

뜻밖에도 음악 선생님은 남자 친구를 먼저 돌려보내고 평과 함께 남았다.

두 사람은 함께 거리를 걸으며 대화를 나누기 시작했다.

"펑, 선생님한테 솔직하게 이야기해 봐. 너 평소에도 자주 영화관에서 이런 장난을 치니?"

"아니에요. 이번이 처음이에요."

"선생님한테 거짓말하면 안 돼."

"정말이에요. 저 평소에 거짓말 자주 해도 선생님께는 안 해요."

"그럼 좋아. 선생님이 묻는 말에 솔직하게 대답해 봐."

"네."

"왜 선생님 머리에 아이스크림을 던졌어?"

"실은 선생님 머리에 던지려던 게 아니라 선생님 남자 친구 머리에 던지려고 했어요. 너무 흥분해서 그만 빗나간 거예요……."

"왜 그런 짓을 했는데?"

"선생님이 그 사람이랑 같이 있는 게 보기 싫어서요."

"뭐? 정말…… 의외구나."

"뭐가요?"

"그런 생각을 하기에는 너무 이른 것 같아서……."

"이런 생각을 하는 데 나이가 무슨 상관이에요?"

"잊지 마. 넌 이제 겨우 초등학교 5학년이잖니."

그런데 펑의 다음 말은 음악 선생님을 더욱 놀라게 했다.

"선생님, 전 그냥 선생님이랑 같이 있는 게 좋아요."

선생님은 펑의 머리에 꿀밤을 먹였다.

"요 녀석, 벌써부터 그런 생각을 하다니, 안 돼."

"솔직하게 말하라고 하셔서 제 마음을 솔직하게 말한 건데요."

문득 선생님의 표정이 말할 수 없이 복잡해졌다. 펑의 말에 어떻게 대답해 주어야 할지 몰라 고민하는 기색이 역력했다. 결국, 선생님은 펑의 머리를 쓰다듬으며 부드러운 목소리로 이렇게 말했다.

"선생님은 오늘부터 네가 그 마음을 모두 공부에 쏟길 바란다."

"선생님이야말로 지금 마음에도 없는 말을 하고 계세요."

"네가 자라서 나중에 선생님이 된다면 지금 선생님이 한 말이 마음에 없는 말이 아니라는 걸 알게 될 거야."

펑이 물었다.

"그럼 선생님, 제 말이 진심이라는 걸 믿어 주시는 거예요?"

선생님은 고개를 끄덕였다.

"그래, 선생님은 믿어."

선생님에게 인사를 하고 돌아선 순간, 펑의 마음은 날아갈듯 가벼웠다. 바람이 살랑살랑 뺨을 어루만져 주었고, 머릿속도 아까보다 훨씬 맑아진 느낌이었다.

펑은 요 며칠 자신에게 일어난 수많은 일들을 떠올려 보았다. 이상하고 복잡한 일들이 한꺼번에 몰려오고 뭐가 뭔지 도무지 갈피를 잡을 수 없어 하루하루 신경이 극도로 예민해져 있었다.

바로 그때, 펑은 중요한 한 사람, 페이커성을 기억해 냈다. 그러나 '페이커성'이라는 이름만 기억날 뿐 그와 관련된 수만 가지 일들은 여전히 아무것도 떠오르지 않았다.

그를 찾아야 했다. 페이커성을 통해 자신에게 왜 이런 불가사의하고 복잡한 일들이 일어나는지 알아내야 했다. 펑은 곧장 집으로 달려갔다. 집에서 페이커성의 이름이 적힌 종이 한 장을 찾아냈다. 펑은 좀 더 잘 보이도록 글자에 펜으로 두껍게 덧칠을 했다. 그리고 문 위에 그 종이를 소중히 붙여 두었다.

망각의 늪에 빠진 펑
2000년 여름

다음 날 오후, 학교에서 돌아온 펑은 문에 붙여 둔 종이가 사라진 것을 발견했다. 종이에 무엇이 쓰여 있었는지도 생각나지 않았다. 펑은 엄마가 오기를 기다렸다가 엄마가 집으로 들어서기가 무섭게 문을 가리키며 물었다.

"엄마, 저기 붙여 놓은 종이 못 보셨어요?"

엄마는 대답 대신 이렇게 말했다.

"문이나 벽에 아무거나 붙여 놓지 마."

조급해진 펑이 엄마를 재촉했다.

"엄마! 문에 붙여 놓은 종이 보셨냐고요? 그 종이 어디 있어요?"

"그깟 종이 한 장이 어디 있는지 엄마가 어떻게 알아?"

펑의 목소리가 커졌다.

"거기에 뭐가 쓰여 있는지 보셨어요?"

"너 엄마 앞에서 그렇게 소리 지르는 버릇 어디서 배웠어! 보기 싫게 문 위에 붙어 있기에 엄마가 갖다 버렸어!"

이럴 수가! 이게 웬 청천벽력 같은 소리인가! 펑은 엄마 앞에 무릎을 꿇고 앉아 애원하다시피 말했다.

"엄마, 거기 뭐가 쓰여 있었는지 모르시면 안 돼요. 기억하고 계시는 거죠?"

엄마는 깜짝 놀라 어리둥절한 얼굴로 펑을 내려다보았다.

"얼른 일어나! 얘가 뭐하는 짓이야? 갑자기 왜 무릎을 꿇고 그래?"

펑은 눈물까지 흘리며 말했다.

"그건 저한테 가장 중요한 거라고요. 그걸 버리시면 어떡해요."

"네가 문에 붙여 놓은 그 종잇조각 말이니?"

"네, 그 종이요. 그냥 종잇조각이 아니에요."

엄마는 쓰레기 봉지를 열고 나무젓가락으로 이리저리 봉지 안을 뒤적였다. 쓰레기에서 풍기는 냄새에 절로 이맛살이 찌푸려졌다.

"날이 더워 냄새가 지독하네."

"제가 찾아볼게요."

펑이 나서며 쓰레기 봉지를 아예 밖으로 가지고 나갔다. 1층까지 내려가 쓰레기들을 땅바닥에 쏟아 놓았다. 발로 쓰레기들을 뒤적거리자 젖은 종이 뭉치 하나가 눈에 들어왔다. 막 종이 뭉치를 주우려는데, 3층 나무 발코니에서 나이트가 짖어 대는 소리가 들려왔다. 나이트도 종이 뭉치를 발견하고 펑에게 알려 주려는 것이었다.

펑은 나이트를 올려다보며 외쳤다.

"네가 보기 전에 내가 먼저 발견했어!"

나이트가 불만스러울 때 내는 꾸르륵 소리가 1층까지 들려왔다. 사실 지금 누가 먼저 그것을 발견했는지 따질 때가 아니었다. 펑은 급히 손을 뻗어 종이 뭉치를 집어 들었다. 하지만 종이 뭉치는 기름에 푹 젖어 있어 도저히 펼 수가 없었다. 조금만 힘을 줘도 금세 찢어졌다. 아무리 기를 써도 종이가 펴지지 않자, 실망한 펑은 종이 뭉치를 갈기갈기 찢어 바닥에 집어 던졌다.

"종이에 쓰여 있던 게 뭐야? 누가 좀 알려 줘!"

펑은 울고 싶은 심정으로 하늘을 올려다보며 목청껏 외쳤다.

그 모습을 지켜보던 나이트는 꾸르륵거림을 멈추고 안타까움이 가득한 목소리로 끙끙대기 시작했다. 펑의 외침에 놀란 이웃 사람들이 너도나도 자기 집 발코니로 나왔다.

"저 녀석 왜 저런대?"

"쟤 뭘 잘못 먹었나?"

"어, 쟤 펑 아냐? 맞네! 난 진작부터 쟤가 좀 이상하다고 생각했어. 여느 애들 같지가 않다니까. 확실히 어딘가 이상해."

펑은 금방이라도 미쳐 버릴 것 같은 심정이었다. 엄마가 뛰어내려와 펑의 팔을 잡아끌었다.

"펑, 집으로 가자."

뚱뚱한 엄마는 계단을 뛰어내려온 것만으로도 벌써 헉헉거리고 있었다. 그러나 펑은 힘없이 쓰레기 더미 옆에 주저앉았다.

"엄마, 아무래도 잃어버린 것 같아요."

그런 펑을 보는 엄마도 가슴이 찢어질 듯 아팠다.

엄마는 펑을 붙잡고 펑은 엄마를 부축해 두 사람은 집까지 올라왔다.

잠시 후, 밖에서 온 동네가 쩌렁쩌렁 울릴 정도로 커다란 고함 소리가 들려왔다.

"누가 여기다 쓰레기를 버린 거야!"

펑은 창밖을 내다보았다. 동네 주민회의 류 할머니였다. 류 할머니는 다른 집이 아닌, 바로 펑의 집 발코니를 쳐다보면서 고함을 치고 있었다.

"안 들려? 누가 버린 쓰레기인지, 당장 내려와서 치우지 못해! 이 푹푹 찌는 날씨에 이 늙은이가 이러고 서서 기다리고 있는데 가만히 보고만 있겠다 이거야?"

참다못한 나이트가 발코니에서 일어나 할머니를 향해 "멍!" 하고 한 차례 짖었다. 영리한 나이트는 할머니의 말을 다 알아듣지는 못해도 펑과 관련해 큰 문제가 터졌음을 눈치챘다. 더구나 펑이 말할 수 없이 저기압이라는 것을 아는 나이트는 더욱 안절부절못했다. 류 할머니가 건물 아래에 나타났을 때, 펑은 이마가 땀으로 범벅이 된 채 바닥에 누워 세상이 끝나기라도 한 듯 텅 빈 눈으로 천장만 응시하고 있었다.

'조용히 좀 하세요! 우리 주인 좀 가만히 내버려 두라고요!'

나이트는 할머니에게 이렇게 말하고 싶었다. 그러나 류 할머니도 한번 작정한 일은 끝장을 보는 사람이었다. 할머니는 펑의 집 발코니에 아무도 나와 보지 않자 더욱 화가 났다.

"거기 3층! 어떻게 된 거야? 지금 당신들한테 이야기하고 있는 거 안 들려? 좀 전에 그 집에서 여기다 쓰레기 버리는 것을 분명히 내 눈으로 똑똑히 봤는데, 이게 숨는다고 될 일이야? 동네 위생 관리는 다 같이 힘을 합쳐서 해야지. 한 사람 한 사람 모두 책임이 있는 건데. 나 이번 일 절대로 그냥 못 넘어가!"

류 할머니가 고래고래 지르는 소리를 멍하니 듣고 있던 펑이 갑자기 용수철 튀듯 벌떡 일어났다. 나이트는 두 눈만 끔벅거리며 펑을 주시했다.

펑은 바람처럼 쌩하니 자신의 방으로 뛰어 들어가더니 무언가를 손에 들고 나왔다. 물총이었다. 나이트는 질겁해 펑의 실내화를 물고 늘어졌다. 그러나 지금 펑의 눈에는 아무것도 보이지 않았다. 펑이 무시무시한 힘으로 다리를 한 번 흔들자 나이트는 저만치 나가떨어지고 말았다. 얼마나 바닥에 세게 부딪혔는지 이빨이 욱신거렸다. 나이트는 거실 한쪽 구석에 웅크리고 앉아 두 앞발로 연신 자신의 입을 문질렀다.

그사이 펑은 발코니에 서서 건물 아래를 향해 물총을 겨누었다.

눈물이 쏙 빠질 정도로 이빨이 아파 꼼짝 못하던 나이트는 아픈 것도 잊고 다시 한 번 큰 소리로 짖으며 펑을 말렸다. 물론 펑의 귀에 나이트의 울부짖는 소리가 들릴 리 없었다.

이십 년 가까이 주민회 일을 해 온 류 할머니도 이런 일을 당하기는 처음이었다. 처음에는 빗방울이 떨어지는 줄만 알았다. 이렇게 구름 한 점 없이 쨍쨍한 날씨에 비라니, 오늘 해가 서쪽에서 떴나……. 그러다 3층 발코니에서 물총을 들고 서 있는 펑을 보았다. 물총에서 물이 뿜어져 나와 할머니 머리 위로 떨어지고 있었다!

노발대발한 류 할머니의 외침 소리가 엄마의 귀에 들어갔다. 펑 엄마는 집으로 돌아온 뒤 곧바로 욕실로 들어가 샤워를 하느라 류 할머니의 고함 소리를 미처 듣지 못했다. 누군가가 건물 아래에서 계속 무어라고 외치는 것 같기는 했지만 그것이 밖에 두고 온 쓰레기 때문인 줄은 짐작조차 못했다. 샤워를 마치고 막 욕실에서 나오는 참에 귀청이 떨어질 듯 펑의 이름을 부르는 소리를 들은 엄마는 허둥지둥 밖으로 달려 나가 사과를 했다.

엄마가 류 할머니에게 빌다시피 사과하는 모습을 펑은 3층 발코니에 서서 두 손을 허리에 얹고 가만히 지켜보고 있었다. 엄마가 사과를 하든 말든 자신은 잘못한 것이 없다는 태도였다. 엄마는 허겁지겁 바닥에 널려 있는 쓰레기를 비닐봉지에 주워 담다가 고개를 들고 3층 발코니를 향해 외쳤다.

"펑! 얼른 내려와서 할머니께 잘못했다고 사과드리지 못해!"

그러나 펑은 도리어 고개를 홱 돌리고 집 안으로 들어가 버렸다. 할머니 얼굴을 보기가 민망해진 엄마는 어쩔 줄 몰라 하며 말했다.

"애가 아직 철이 없어요. 어르신께 부끄럽습니다."

류 할머니는 딱하다는 얼굴로 대꾸했다.

"오늘은 그저 내 머리에 물을 뿌리는 일로 그쳤지만 장차 크면 무슨 일을 저지를지 내가 다 걱정이 되는구려!"

말을 마치고 돌아선 류 할머니는 몇 걸음 가다 말고 뒤를 돌아보며 한마디 덧붙였다.

"애가 정상이 아닐수록 엄마가 더 잘 가르치고 관리해야 돼요!"

엄마는 온몸에 진땀이 나는 것을 느꼈다. 쓰레기 봉지를 손에 든 채 그 자리에 멍하니 서 있던 엄마는 나이트가 짖는 소리를 듣고서야 정신을 차리고 집으로 들어갔다.

"어떻게 된 거예요, 엄마? 그 쓰레기를 또 가지고 들어오신 거예요?"

펑이 엄마를 보고 먼저 입을 열었다.

나이트는 쓰레기 봉지에 코를 들이밀고 냄새를 맡더니 크게 재채기를 한 번 하고는 발코니 쪽으로 도망쳤다. 엄마는 집 안으로 들어와서 가만히 펑의 얼굴을 들여다보기만 했다. 마치 아들의 얼굴을 처음 보는 것처럼 진지한 눈길이었다.

"엄마, 왜 그렇게 보세요? 빨리 그 쓰레기들 갖다 버려요!"

이 말에는 아랑곳없이 엄마는 손을 뻗어 펑의 얼굴을 어루만지기 시작했다. 평소와 다른 엄마의 모습에 당황한 펑은 자기도 모르게 손길을 피했다.

"엄마, 대체 왜 그러세요?"

순간 엄마의 눈가가 붉어졌다.

"엄마, 뭐 때문에 그러세요?"

"펑, 아빠도 집에 안 계시고, 엄마 걱정할까 봐 혼자 얼마나 많이 참고 지냈니. 일이 바쁘다는 핑계로 널 제대로 보살펴 주지도 못하고…… 그동안 엄마 원망 많이 했지?"

나이트는 가슴이 아파 더는 못 듣겠다는 듯 특유의 꾸르륵꾸르륵 소리를 냈다.

펑은 나이트와 엄마의 얼굴을 번갈아 쳐다보더니 멍한 표정을 지었다. 이제껏 살면서 이런 기분은 처음이었다. 어색한 분위기를 깨려는 듯 펑이 다시 엄마를 재촉했다.

"엄마, 빨리 그 쓰레기 갖다 버려요."

눈물이 엄마의 뺨을 타고 흘러내렸다.

아무도 눈치채지 못했지만 나이트의 표정 역시 달라져 있었다. 나이트는 펑에게 다가가 펑의 복사뼈를 살짝 물었다. 펑은 깜짝 놀라 자리에서 펄쩍 뛰어올랐다.

"뭐야, 너! 미쳤어!"

그러나 나이트는 아랑곳하지 않고 엄마의 손에 들려 있던 비닐봉지를 입으로 끌어와 펑의 발 앞에 갖다 놓았다. 바보가 아닌 이상 그게 무슨 뜻인지 누구든 알 수 있는 행동이었다.

"우리 나이트가 이렇게 영리한 개인 줄 오늘에야 알았네."

눈물 젖은 눈으로 엄마가 나이트를 바라보며 말했다.

펑은 비닐봉지를 집어 들었다.

"제가 버릴게요."

그리고 문밖을 나서며 나이트를 향해 한 마디 던졌다.

"앞으로 이런 일은 너도 배워서 할 줄 알아야 돼."

나이트는 듣고 싶지 않다는 듯 고개를 돌리고 발코니로 돌아갔다. 발코니에 엎드려서는 눈꺼풀조차 들지 않았다.

펑은 계단을 내려가 구시가로 향했다. 가지고 나온 쓰레기를 구시가에 있는 쓰레기통에 버릴 참이었다. 그런데 구시가를 오가는 사람들과 수많은 차들을 보는 순간, 펑은 자신이 무엇을 하러 나왔는지 그만 까맣게 잊고 말았다. 펑은 쓰레기 봉지를 손에 든 채 큰길을 따라 멍하니 걷기 시작했다. 봉지를 왼손으로 들었다 오른손으로 들었다 하면서, 가는 길에 다섯 개가 넘는 쓰레기통을 마주쳤지만 그대로 지나쳤다.

그렇게 하염없이 거리를 걷고 있을 때, 한 남자아이가 펑에게 달려왔다. 펑보다 어려 보이는 그 아이는 입에 아이스크림을 물고 있었다. 펑은 자기 쪽으로 달려오는 아이를 보고 발걸음을 멈췄다. 그 아이는 입속에서 아이스크림 막대를 뽑더니 펑이 들고 있는 쓰레기 봉지에 넣으며 물었다.

"형 '도시 위생 보호' 자원봉사하고 있는 거 맞지?"

펑은 쓴웃음을 지었다.

"뭐? 그걸 어떻게 알았어?"

"쓰레기 봉지 들고 다니는 거 보고 알았지."

"그래, 정확하게 맞췄네."

왜 이 말이 튀어나왔는지 펑 자신도 알지 못했다.

남자아이는 해맑은 미소를 지으며 펑을 향해 손을 흔들었다.

"잘 가, 형."

펑도 마주 손을 흔들어 주었다.

기분 좋게 아이의 뒷모습을 바라보던 펑은 또 누군가가 자신을 향해 다가오는 것을 느꼈다. 고개를 돌려보니 웬 낯선 할아버지가 펑 쪽으로 걸어오고 있었다. 할아버지는 펑과 팔이 스칠 만큼 가까이 오더니 별안간 펑의 머리를 쓰다듬으며 말했다.

"펑, 좋은 일을 하고 있구나."

펑은 분명 모르는 할아버지였다. 그런데 할아버지는 아주 정확하게 펑의 이름을 불렀다.

'좋은 일이라니, 내가 무슨 좋은 일을 하고 있다는 거지?'

그뿐만이 아니었다. 이번에는 자신과 나이가 비슷해 보이는 까까머리 남자아이가 자전거를 타고 지나가다가 펑 앞에 멈추며 말했다.

"펑, 좋은 일 하네."

펑은 얼떨떨한 얼굴로 그 아이를 바라보았다.

까까머리 아이 역시 처음 보는 애였다.

"왜 그래?"

까까머리가 물었다.

펑은 여전히 이 아이가 누군지 생각하느라 머리를 굴리고 있었다.

아이는 다시 자전거 바퀴를 굴리며 말했다.

"처음 보는 사람 대하듯 하지 마. 여기 사는 남자애들 중에 나 '단' 을 모르는 애는 없으니까."

그제야 펑은 그 아이가 단이라는 것을 기억해 냈다.

'하, 단이 먼저 나에게 아는 척을 할 때가 다 있네.'

단이 떠난 뒤 펑은 구름 위를 나는 것처럼 마음이 가뿐했다. 온몸에 힘이 솟고 생기가 도는 느낌이었다. 어두웠던 두 눈망울도 반짝반짝 빛이 났다. 그때, 십여 미터 앞에 놓인 커다란 쓰레기통이 눈에 띄었다. 펑은 들고 있던 쓰레기 봉지를 쓰레기통에 집어넣었다.

비로소 집에 돌아가야겠다는 생각이 들었다. 그날 저녁, 목욕을 하면서 펑은 엉덩이에 무언가가 달라붙은 느낌이 들어 한참을 손으로 문질렀다. 그것은 펑의 엉덩이에 뿌리라도 내렸는지 꽉 달라붙어 도무지 떨어질 기미가 보이지 않았다. 순간, 겁이 덜컥 난 펑은 황급히 거울에 엉덩이를 비춰 보았다.

엉덩이에 붙어 있는 것은 검은 카드였다.

"또 너냐."

펑은 거울에 비친 카드를 바라보며 중얼거렸다.

펑의 말이 채 끝나기도 전에 검은 카드는 엉덩이에서 떨어져 바닥으로 살포시 내려앉았다.

"이제 널 어떻게 읽는지 알아."

펑은 카드를 집어 들었다.

얇디얇은 카드 안에서 음악이 흘러나오기 시작했다. 펑이 가장 좋아하는 음악이었다. 펑은 카드를 읽기 위해 손바닥 위에 올려놓고 눈을 가까이 댔다. 그러나 욕실에 서린 김 때문에 카드에 쓰인 글자가 잘 보이지 않았다. 그런데 이게 웬일까! 놀랍게도 검은 카드가 말을 하기 시작했다.

"욕실 안은 빛이 약해 시력을 손상시킬 수 있으니 빛이 충분한 환경에서 읽으시오."

욕실 밖에서 엄마가 큰 소리로 물었다.

"펑, 너 지금 누구한테 얘기하고 있니?"

"수업 시간에 배운 것 암기하고 있어요!"

주방에 있던 엄마는 더 묻지 않고 이렇게 말했다.

"수박 잘라 놨어. 다 씻고 나오면 먹어라."

펑은 카드에 무슨 글이 쓰여 있는지 궁금해서 견딜 수 없었다. 젖은 머리를 털지도 않고 욕실에서 나와 맨발로 곧장 자기 방으로 뛰어 들어갔다. 그리고 방문을 잠갔다. 책상 위의 스탠드를 켜기도 전에 엄마가 쫓아와 방문을 두드렸다.

"펑, 바닥에 이 물은 다 뭐니? 실내화는 왜 아무 데나 굴러다니고?

나이트! 이리 가져오지 못해! 실내화 물어 가서 어디다 쓰려고 그래?"

문 너머로 엄마가 나이트를 부르며 쫓아가는 소리가 들렸다. 펑은 나이트가 종종 자신의 실내화 한 짝을 베고 잔다는 것을 알고 있었다. 분명 실내화에서 은은히 풍기는 펑의 발 냄새가 좋아서일 것이다. 자신의 '베개'를 뺏길 생각이 없는 나이트는 쫓아오는 엄마를 피해 온 거실을 헤집고 다녔다. 엄마는 화가 머리끝까지 나 고래고래 소리를 치기 시작했다.

"나이트 이 녀석, 실내화 다 망가지겠네! 당장 거기 안 서! 네 주인이 지쳐 쓰러지는 꼴 보고 싶어!"

밖에서 한바탕 소동이 벌어진 것을 은근히 기뻐하며 펑은 카드 위에 쓰인 신비스런 글자들을 읽기 시작했다.

펑, 오늘 네가 좋은 일을 했기에 내가 특별 법원에 청원을 해서 본래 네 것인 네 기억권을 돌려받도록 허가받았어. 하지만 이건 어디까지나 일시적인 거야. 특별 법원의 특수 조례 때문에 너에게 모든 내막을 다 알려 줄 수 없다는 점, 옛 친구로서 이해해 주기 바란다.

97호 감독원 페이커성

평은 단숨에 내리 세 번을 읽었다. 그래도 성에 차지 않아 다시 네 번째로 카드를 읽으려는 찰나 검은 카드는 홀연히 사라져 버렸다. 평은 북받치는 감정을 이기지 못하고 벌거벗은 채 발코니를 향해 달려갔다. 그리고 밤하늘을 바라보며 목 놓아 외쳤다.

"페이커싱!"

눈물이 뺨을 타고 흘렀다.

이렇게 슬프고 아픈 마음으로 눈물을 흘리기는 처음이었다. 그러자 나이트가 살며시 평 뒤로 다가와 울고 있는 평의 맨다리를 혀로 부드럽게 핥아 주었다. 나이트의 혓바닥이 닿는 것을 느끼며 평은 한동안 서럽게 울었다.

공포의 페이커성

2000년 여름

페이커성은 좀처럼 펑 앞에 다시 나타나지 않았다. 펑은 페이커성의 이름을 잊지 않기 위해 글자를 쓸 수 있는 곳이면 어디든 가리지 않고 그 이름을 적어 놓았다. 책 겉표지, 공책, 심지어 팔뚝과 손바닥, 허벅지까지……. 신발을 벗으면 발등 위에 페이커성의 이름이 보였다. 처음에는 아무도 이를 알아채지 못했다.

어느 날, 학습 부장 관리가 교실 바닥에서 공책 한 권을 주웠다. 공책 주인이 누군지 겉면을 살펴보던 관리는 큰일이라도 벌어진 듯 찢어지는 목소리로 아이들에게 물었다.

"우리 반에 '페이커성'이라는 애가 있어? 내가 모르는 애가 다 있다니. 야, '페이커성'이 누구야?"

아이들 몇 명이 그 말을 듣고 우르르 몰려와 공책을 돌려 보았다.

공책은 이 아이, 저 아이의 손을 오가다 차오커의 손에까지 넘어왔다. 차오커는 어쩐지 그 이름이 낯설지가 않았다. 어디선가 본 듯한 이름이었다.

마침 펑은 교실에 없었다. 그 시각, 펑은 운동장에서 집 열쇠를 찾고 있었다. 다른 반 아이와 축구를 하는데 주머니에 든 열쇠 꾸러미가 무겁기도 하고 찰그랑찰그랑 소리가 나 몹시 방해가 되었다. 그래서 열쇠 꾸러미를 꺼내 운동장 한쪽 구석에 놓고 그 자리에 표시를 해 두었다. 그런데 축구가 끝나고 열쇠를 찾으려니 도무지 어디 있는지 알 수가 없었다. 열쇠를 둔 장소는 물론이고 자신이 무슨 표시를 했는지도 기억이 나지 않았다. 운동장을 한참 헤매고 다니던 펑은 얼마 안 있어 자신이 지금 뭘 찾고 있는지조차 잊어버리고 말았다.

그때, 반 아이 중 한 명이 교실 창가에서 펑을 불렀다. 곧 자습 시간이 시작될 터였다.

펑이 교실로 들어오자 관리가 물었다.

"너 '페이커성'이라는 애 알아?"

"'페이커성'이 누군데?"

펑은 그가 누군지 이미 까맣게 잊고 있었다.

관리는 공책을 손에 든 채 중얼거렸다.

"정말 이상하네. 우리 반 애도 아닌 '페이커성'이라는 애 공책이 왜 여기 와 있는 거지?"

그때 차오커가 두 눈을 동그랗게 뜨고 펑에게 다가오더니 허리를 구부리고 펑의 다리를 뚫어지게 쳐다보았다.

"너 뭘 보냐?"

펑이 물었다.

차오커는 대답 대신 큰 소리로 외쳤다.

"얘들아, 봐! 펑 허벅지에도 '페이커셩'이라는 이름이 쓰여 있어!"

아이들이 우르르 몰려와 허리를 구부리고 펑의 다리를 살펴보았다. 한순간 펑의 허벅지는 반 전체 아이들의 이목을 집중시키게 되었다. 정말 '페이커셩'이라는 글자가 펑의 허벅지에 쓰여 있었다. 아이들은 일제히 고개를 들고 놀란 눈길로 펑을 바라보았다.

관리가 가장 먼저 입을 열었다.

"너 정말 페이커셩이 누군지 몰라?"

차오커도 거들었다.

"페이커셩이 누구야?"

"페이커셩이 누군지 내가 어떻게 알아? 가수냐?"

펑은 여전히 어리둥절했다.

차오커가 펑의 허벅지를 가리키며 말했다.

"네가 직접 봐. 네 다리에 쓰여 있잖아."

펑은 그제야 고개를 숙이고 자신의 허벅지를 내려다보았다.

"누가 내 다리에 이걸 써 놨어?"

펑의 말에 아이들은 모두 얼굴빛이 하얗게 질렸다.

"야…… 그만해. 무서워……."

관리는 겁에 질려 말을 잇지 못했다.

"귀신이 곡할 노릇이네."

차오커도 떨리는 목소리로 중얼거렸다.

"귀신?"

"귀신이라고?"

"귀신이 어딨어?"

교실 안은 어느새 아이들이 웅성거리는 소리로 소란스러워졌다. 펑은 한술 더 떠 책상 위로 올라가 큰 소리로 이렇게 물었다.

"누구야! 누가 내 다리에 이렇게 낙서해 놨어!"

펑의 표정을 보니 결코 장난을 치고 있는 것이 아니었다. 정말로 화가 난 모습이었다. 아이들은 더욱 겁에 질렸다. 여학생들은 당장이라도 교실을 뛰쳐나갈 태세였다. 한 여학생이 끝내 무서움을 참지 못하고 자기도 모르게 비명을 질렀다. 이 비명 소리를 기점으로 반 아이들은 남학생 여학생 할 것 없이 봇물 터지듯 우르르 교실을 빠져나갔다.

혼자 교실에 남은 펑은 영문을 몰라 얼떨떨한 얼굴로 책상 위에 우뚝 서 있었다. 아이들이 왜 그렇게 겁에 질렸는지 알 길이 없었다. 아무리 생각해도 그 글자가 왜 자신의 허벅지에 쓰여 있는지 이해가 되지 않았다. 팔뚝에도 '페이커성'이라는 글자가 쓰여 있었다.

"팔에도 있네! 어, 내 손바닥에도 있잖아!"

펑은 책상 위에서 내려와 교실 밖으로 나가 보았다. 아이들은 마치

귀신이라도 본 것처럼 펑을 보고 자지러지게 놀라며 비명을 질러 댔다. 혼비백산한 아이들 틈으로 선생님들이 나타났다. 선생님들은 눈앞에 펼쳐진 뜻밖의 광경에 당황해 아이들을 진정시키려고 우왕좌왕했다.

"대체 무슨 일이야?"

"얘들 다 어느 반 학생들이야? 모두 조용!"

"복도에서 그렇게 뛰지 마!"

"모두 교실로 돌아가세요!"

담임인 청젠 선생님이 도착했을 때는 이미 어느 정도 소동이 가라앉은 뒤였다. 확실치도 않은 두려움으로 벌어진 이 소동은 이십 년 가까이 아이들을 가르쳐 온 나이 많은 선생님들도 일찍이 겪어 보지 못한 상황이었다.

맨 먼저 교실을 뛰쳐나온 아이는 반에서 가장 겁이 많은 여학생 딩시였다. 가장 처음 비명을 지른 것도 바로 딩시였다. 딩시가 비명을 지르며 교실을 나오려던 찰나, 뒤에서 반 아이들이 물밀듯이 밀어닥치는 바람에 아이들에게 떠밀려 바닥에 깔리고 말았다. 겁에 질린 아이들은 바닥에 사람이 깔린 줄도 모르고 딩시를 밟고 지나갔다. 선생님들은 급히 구급차를 불러 딩시를 학교에서 가장 가까운 병원으로 옮겼다. 진단 결과는 오른팔 골절이었다. 딩시 외에도 세 명의 학생이 얼굴과 몸에 크고 작은 타박상을 입었다.

담임 선생님은 일단 다친 아이들을 치료받게 한 뒤 소동의 원인을 엄중히 조사하기 시작했다. 선생님은 먼저 학습 부장 관리를 불렀다. 그러나 관리는 사건의 초반부만 기억할 뿐 정작 어떻게 해서 이 소동이 벌어졌는지에 대해서는 우물쭈물 말을 못 했다. 아직도 두려움에 휩싸여 있는 관리의 얼굴은 담임 선생님마저 불안하게 했다.

"그 뒤에 무슨 일이 있었는지는 조금도 기억 안 나니?"

"네, 꼭 꿈을 꾸고 있는 것 같았어요."

"이건 꿈이 아니고 현실이야!"

"그러니까 제 말은…… 모든 일들이 다 꿈처럼 느껴졌다고요."

담임 선생님은 다음으로 차오커를 불렀다. 차오커는 교무실에 들어서자마자 선생님이 묻기도 전에 먼저 말을 시작했다.

"정말 이상한 일이에요. 살면서 이런 이상한 일은 한 번도 본 적 없어요."

"선생님도 이 나이가 될 때까지 이런 일은 처음이구나."

선생님이 나직한 목소리로 차오커의 말을 되받았다.

차오커는 얼굴이 발그레 상기되어 있었다. 마치 어느 인기 가수의 콘서트에서 열띤 무대라도 보고 온 듯한 얼굴이었다.

"자, 이제 이야기해 봐. 교실에서 무슨 일이 있었는지."

차오커는 손발을 휘저으며 다시 입을 열었다.

"선생님, 제 생각에 이런 일은 앞으로 두 번 다시 못 볼 것 같아요……."

담임 선생님은 안 되겠다 싶어 차오커의 말을 가로막았다.

"똑바로 서서 이야기해. 그렇게 쓸데없이 손발 움직이지 말고! 너 평소에는 이러지 않았잖니."

그러나 차오커는 아무 말도 귀에 들어오지 않는 듯 자기 할 말만 두서없이 늘어놓았다.

"전 예전부터 펑이 좀 이상하다고 생각했어요. 하지만 어디가 어떻게 이상한지는 모르고 있었죠……."

"그만하고, 자습 시간에 있었던 일을 이야기해 봐라."

담임 선생님이 다시 차오커의 말을 가로막았다.

"그러니까…… 그럴 때…… 봤어요……."

"그럴 때라니, 아무런 설명도 없이 다짜고짜 '그럴 때'라고 하면 선생님이 어떻게 알아들어?"

"제가 아무런 설명도 안 드렸나요? 한참을 이야기한 것 같은데……."

그때, 담임 선생님이 버럭 소리를 질렀다.

"발 떼! 너 지금 선생님 발 밟고 있잖아!"

차오커의 행동은 정상이 아닌 것 같았다. 담임 선생님은 우선 차오커를 진정시켜야겠다는 생각에 물이 든 찻잔을 건넸다.

"자, 물 한 모금 마시고 마음을 좀 가라앉혀라."

차오커가 하는 행동은 영락없이 과잉 행동 장애 증상이었다. 차오커는 찻잔을 받아들고 물을 마신다기보다 숫제 입안에 들이부었다. 그리고 다음 순간, 쨍그랑 하는 소리와 함께 찻잔이 바닥에 떨어져 산산조각이 났다. 찻잔을 급하게 내려놓다가 그만 놓친 것이다.

담임 선생님은 소스라치게 놀라 자리에서 일어섰다.

"너, 지금 찻잔을 깨뜨린 거냐?"

다른 사람도 아닌 차오커가 이런 실수를 하다니……. 담임 선생님은 평소와 너무 다른 차오커의 모습에 놀라 입을 다물지 못했다. 바닥에 깨진 찻잔을 보고 차오커는 그제야 정신이 든 듯했다.

"내가 선생님 찻잔을 깨뜨리다니……."

"이제 좀 진정된 거니? 이제 더 이상 물을 따라 줄 찻잔도 없구나."

선생님은 다시 자리에 앉았다.

"제가 좀 욱했나 봐요……."

차오커가 기어드는 목소리로 말했다.

"욱했다기보다 지나치게 흥분한 거겠지."

선생님들이 종종 그러듯이 담임 선생님은 곧바로 차오커의 표현을 바로잡았다.

"네, 제가 너무 흥분했어요."

"자, 우리 다시 본론으로 돌아가자."

차오커는 정신 사납게 움직이던 팔다리를 몸에 딱 붙이고 차렷 자세로 선생님 앞에 섰다.

"편안하게 있어도 된다."

"아니에요. 그냥 이렇게 하고 말할게요. 편하게 있다가 저도 모르게 또 흥분해서 풀어져 버릴 것 같아서요."

"그래, 알았다. 자습 시간에 대체 무슨 일이 있었는지 말해 줄래?"

차오커는 막상 선뜻 말을 꺼내지 못하고 한참을 생각하다 입을 열었다.

"자습 시간에 관리가 애들한테 물었어요. 페이커성이 누구냐고, 페이커성 아는 사람 없냐고요……."

"이번 일이 페이커성과 무슨 관련이 있니? 페이커성은 팔 년 전에 우리 학교를 졸업한 학생이야."

선생님은 차오커가 또다시 주제를 벗어났다고 생각했다.

하지만 차오커는 깜짝 놀라며 담임 선생님의 옷소매를 붙잡았다.

"선생님, 페이커성이라는 사람을 아세요?"

"이것부터 놓고 말하렴."

선생님의 말에 차오커는 다시 차렷 자세로 돌아갔다. 그러나 잔뜩 흥분한 얼굴로 선생님의 입을 뚫어져라 쳐다보았다. 마치 선생님이 입만 열면 '페이커성'이라 불리는 괴물이 그 입에서 튀어나오기라도 할 것 같았다.

"페이커성은 팔 년 전에 우리 학교를 졸업한 학생이다. 수많은 졸업생 중에서 어떻게 그 학생을 똑똑히 기억하는지 궁금하겠지? 간단해. 페이커성은 1학년 때부터 졸업할 때까지 줄곧 학급 회장을 도맡은 아이였어. 보기 드물게 정직하고 학생의 본분에 충실한 모범생이었지."

담임 선생님은 고개를 저으며 말을 이었다.

"아쉽게도 지금은 페이커성 같은 학생을 찾아보기 힘들어. 거의 없다고 봐야지."

"자습 시간에 펑의 허벅지에 '페이커성'이라는 글자가 쓰여 있는 것을 제가 가장 처음 발견했어요. 생각해 보세요. 교실에서 '페이커성'의 이름이 적힌 공책이 나왔는데 그 이름이 펑의 허벅지에도 쓰여 있으니 다들 깜짝 놀랐죠. 그런데 펑은 이 글자가 왜 자기 다리에 쓰여 있는지 모르겠다는 거예요. 그 말에 딩시가 겁을 먹고 비명을 질렀어요……."

여기까지 듣던 담임 선생님은 차오커의 말을 끊고 지시했다.

"가서 펑을 불러와라."

"아직 이야기 다 못 했는데……."

"그만해도 된다. 너에게 들을 이야기는 다 들은 것 같구나."

차오커는 선생님이 시킨 대로 펑을 부르러 갔다. 펑은 으레 하던 면담이겠거니 하고 대수롭지 않게 생각했다. 평소에도 펑은 걸핏하면 교무실에 불려가 수학 문제를 다섯 개 틀렸느니 어쩌니 하는 꾸지람을 듣곤 했다. 그때마다 펑은 선생님의 말을 고분고분 듣고 있는 법이 없었다.

"겨우 다섯 개밖에 안 틀렸잖아요."

담임 선생님은 기가 막히다는 듯 언성을 높였다.

"자세히 봐! 이 시험은 총 다섯 문제잖아!"

펑은 담임 선생님의 꾸지람에 이미 이골이 나 있었다. 사실 꾸중

이든 칭찬이든 펑에게는 모두 마찬가지였다. 얼마 못 가 머릿속에서 연기처럼 사라져 버리고 말았기 때문이다. 기껏해야 삼 분, 당장 지구가 어느 행성과 부딪혀 산산조각이 난다 해도 펑은 삼 분이면 그 사실을 새까맣게 잊어버릴 것이다.

교무실로 들어선 펑은 담임 선생님의 발 앞에 널려 있는 깨진 찻잔 조각들을 보며 생각했다.

'선생님이 화가 단단히 나신 모양인데? 그렇지 않으면 어떻게 선생님 찻잔이 깨져 있을 수 있지?'

담임 선생님은 펑이 교무실 안으로 들어오자마자 펑의 다리부터 주시했다. 과연 펑의 오른쪽 허벅지에 '페이커성'이라는 글자가 쓰여 있었다. 위아래가 뒤바뀌어 있긴 했지만.

"너 자습 시간에 어떻게 아이들에게 겁을 준 거냐?"

담임 선생님은 나름 의도하는 바가 있어 다짜고짜 질문했다.

펑은 선생님이 요즘 한창 유행인 두뇌 게임을 시도하고 있다고 여겼다. 먼저 찻잔을 깨뜨려 놓고 공포 분위기를 조성한 뒤 다짜고짜 질문을 던져 위압감을 주어 상대가 놀라 오줌을 지리는 겁쟁이인지 아니면 눈 하나 깜짝 않고 대범하게 나오는지 테스트해 보려는 것이 분명하다고 생각했다.

"저 하나도 안 무서워요!"

펑이 큰 소리로 외쳤다.

선생님은 아랑곳하지 않고 차분하게 말을 이었다.

"난 네가 어떤 학생인지 잘 알아. 지금 네가 어떤 말을 할지도 다 꿰고 있지. 내가 너에게 묻고 싶은 건 이것뿐이야. 왜 네 다리에 '페이커성'이라는 글자를 써 놓은 거니?"

펑은 자신의 다리를 흘깃 내려다보았다.

"왼쪽이 아니고 오른쪽이다."

선생님의 말에 펑은 왼쪽 다리에서 오른쪽 다리로 시선을 옮겼다. '페이커성'이라는 글자가 눈에 들어왔다.

"네가 꾸민 그 공포극, 다른 사람은 보기 좋게 속였을지 몰라도 결코 날 속일 순 없을 게다."

담임 선생님의 입가에 차가운 미소가 번졌다.

펑은 담임 선생님의 왼쪽 새끼손가락이 규칙적으로 책상 위를 두드리고 있는 것을 발견했다. 아무리 봐도 두뇌 게임을 하는 분위기가 아니었다. 펑은 긴장하기 시작했다.

"그 '페이커성'이라는 글자는 언제 쓴 거니?"

선생님이 다시 물었다.

"저도 누가 제 다리에 이걸 써 놨는지 모르겠어요."

그러자 담임 선생님은 서랍에서 종이를 한 장 꺼내 책상 위에 올려놓고는 그 위에 펜을 던졌다.

"지금 한번 써 보아라."

"뭘요?"

"'페이커성' 말이다."

펑은 선생님이 시키는 대로 종이 위에 글자를 썼다.

담임 선생님은 종이를 집어 들고 살펴보더니 큰 소리로 웃음을 터뜨렸다. 펑이 종이에 쓴 글자 모양과 펑의 다리 위에 쓰인 글자 모양이 정확히 똑같았다.

"너 아직도 누가 그 글자를 썼는지 모른다고 할 테냐?"

"누가 썼는데요?"

담임 선생님은 종이에 침을 묻힌 뒤 위아래 방향을 바꾸어 펑의 오른쪽 허벅지에 붙였다. 종이의 글자와 허벅지에 쓴 글자가 나란히 놓이자 금방 비교할 수 있었다.

"똑같네!"

펑은 왼쪽 글자와 오른쪽 글자를 번갈아 보며 외쳤다.

"펑!"

화가 머리끝까지 난 담임 선생님이 고함을 쳤다.

펑은 까무러칠 정도로 놀랐다.

"시치미 떼지 말고 당장 솔직하게 말하지 못해! 똑같은 게 당연하지. 둘 다 네가 쓴 거잖아!"

펑은 억울하다는 듯 큰 소리로 외쳤다.

"저, 제 다리에 이런 글자 쓴 적 없어요!"

펑을 가리키는 담임 선생님의 왼쪽 새끼손가락이 분노로 부들부들 떨렸다.

"넌, 넌 정말 구제불능이야!"

"별것도 아닌 일로 왜 그렇게 화를 내세요?"

"넌 한평생…… 그렇게 살다 죽을 거야!"

"저 이제 겨우 열 살인데 죽기는요."

담임 선생님은 더 이상 참지 못하고 교무실 문을 가리키며 외쳤다.

"당장 나가!"

평은 안도의 한숨을 내쉬며 말했다.

"저도 그러고 싶었어요."

펑 앞에 놓인 벽
2000년 여름

집 앞에 도착한 펑은 앞으로 어떤 상황이 벌어질지 전혀 예상하지 못하고 있었다.

운동장에서 집 열쇠를 잃어버렸다는 사실을 까맣게 잊은 펑은 현관문 앞에서 주머니란 주머니는 모두 뒤졌다. 물론 열쇠가 나올 리 없었다. 그래도 펑은 분명 옷 속 어딘가에 숨어 있을 거라고 생각했다. 나중에는 아예 책가방을 쏟아놓고 책과 공책 사이사이까지 뒤졌다. 그래도 열쇠는 보이지 않았다.

집 안에 있던 나이트도 문밖에서 나는 소란스러운 소리를 듣고 주인이 온 것을 알아차렸다. 그런데 무언가 요란한 소리만 들릴 뿐 주인은 들어오지 않았다. 조급해진 나이트는 앞발로 문을 긁어 대기 시작했다.

"그만 긁어! 나 열쇠를 잃어버렸어!"

펑이 외쳤다.

나이트는 긁는 것을 멈추고 웅얼웅얼 소리를 내며 안에서 안절부절못했다.

"조용히 좀 해! 너 때문에 집중할 수가 없잖아!"

웅얼거리던 소리가 뚝 그쳤다.

펑은 어떻게 해야 할지 머리를 쥐어짜 보았지만 엄마에게 전화하는 수밖에는 다른 방법이 없었다. 그러나 공중전화 앞에 선 펑은 또다시 망연자실했다. 엄마의 휴대 전화 번호를 외우고 있지 않았던 것이다. 그 긴 번호가 기억날 턱이 없었다.

짜증이 날 대로 난 펑은 씩씩거리며 아이스크림 가게로 갔다.

"페이바 아이스크림 하나 주세요."

가게 아주머니는 땀을 뻘뻘 흘리고 있는 펑을 보고 아이스크림 포장을 벗겨 주며 얼른 먹으라고 건넸다. 아이스크림을 받자마자 펑은 크게 한입 베어 물었다. 그리고 다른 손으로 호주머니에서 돈을 찾았다. 호주머니가 모두 발라당 뒤집혀 있었다. 조금 전에 열쇠를 찾느라 주머니를 죄다 뒤집어 놓았던 것을 벌써 잊어버린 것이다. 물론 뒤집어진 주머니에 돈이 있을 리 없었다. 당황한 펑은 멍하니 서 있다가 아주머니에게 다시 아이스크림을 내밀었다. 아이스크림에는 펑이 베어 문 잇자국이 커다랗게 나 있었다.

"왜? 아이스크림이 이상해?"

"그게 아니라…… 저…… 돈을 안 가져왔어요."

아주머니는 벌컥 성을 내며 쏘아붙였다.

"뭐? 돈도 없이 아이스크림을 사 먹으러 온 거야?"

"저 안 살래요. 이거 다시 드릴게요."

"얘, 이걸 어떻게 다시 파니? 그러지 말고 네 책가방 여기다 놓고 얼른 집에 갔다 와. 돈 가져와서 책가방 다시 찾아가면 되잖아. 알았어?"

"네."

펑은 책가방을 가게에 맡기고 아이스크림을 먹으며 집으로 향했다. 입가에 묻은 아이스크림이 녹아서 턱으로 흘러내리자 소매로 쓱 닦았다. 바로 그때, 펑은 자신의 흰 소맷부리에 검은색 실로 '139×× ××××××'라는 숫자가 수놓아져 있는 것을 발견했다. 아무리 생각해 보아도 이것이 무슨 숫자인지 알 수 없었다.

'새 옷에 왜 이런 숫자가 있는 거야? 보기 흉하게…….'

펑은 아이스크림 막대를 물고 집 건물로 들어섰다. 계단을 다 올라오니 복도 입구에 엄마가 서 있었다.

"펑, 이렇게 늦었는데 어딜 돌아다니다 인제 들어오는 거니?"

"열쇠를 잃어버려서 집에 못 들어갔어요."

"왜 엄마한테 전화 안 했어?"

"엄마 휴대 전화 번호 잊어버렸어요."

엄마는 그 말이 끝나기 무섭게 펑의 옷소매를 잡아당겨 소맷부리 위에 수놓인 숫자들을 가리켰다.

"이건 뭐니? 네가 엄마 번호 기억 못 할까 봐 여기다 엄마가 한 땀한 땀 수놓아준 것 안 보여? 네 옷마다 모두 그렇게 해 놓았잖아. 가서 네 옷소매들 다 살펴봐. 엄마 전화번호가 있는지 없는지."

"알았어요, 엄마. 그만하고 밥 먹어요. 저 배고파요."

"그래, 그럼 들어가서 숙제하고 있어. 엄마가 맛있는 거 해 줄 테니까."

펑과 엄마가 대화를 주고받는 동안 나이트는 거실 식탁 밑에서 걱정스러운 눈길로 펑을 바라보고 있었다. 펑에게 뭔가 할 말이 있는 듯 연신 꾸르륵꾸르륵 소리를 냈다.

엄마가 주방에서 머리를 내밀었다.

"넌 또 왜 꾸르륵거려? 펑 숙제하게 조용히 해!"

나이트는 그만 포기하고 바닥에 엎드렸다. 이제 곧 벌어질 사태를 생각하며 두 눈을 질끈 감았다. 아예 안 보는 게 낫겠다 싶어 발코니로 나가 버렸다. 하지만 발코니에 엎드려서도 여전히 마음이 놓이지 않는 듯 한쪽 귀를 쫑긋 세우고 거실에서 들려오는 소리에 귀를 기울였다.

아니나 다를까, 펑이 거실로 나와 큰 소리로 물었다.

"엄마, 제 책가방 못 보셨어요?"

엄마는 주걱을 든 채 주방에서 뛰어나왔다.

"네 책가방이 어디 있는지 엄마가 어떻게 알아? 5학년이나 된 녀석이 자기 책가방 하나를 못 챙기고, 내가 정말 못 살아!"

평은 방마다 돌아다니며 책가방을 찾았지만 헛수고였다.

"없어? 아휴, 정말 너 때문에 속이 다 뒤집어지는 것 같다!"

"왜 저 때문에 속이 뒤집어져요?"

"몰라서 물어! 네가 책가방 하나도 간수 못 하고 잃어버리고 다니니 그렇지!"

정말 아무것도 기억하지 못하는 주인을 보고 참다못해 나이트가 발코니에서 달려 나왔다. 그리고 현관문으로 가 문을 긁었다.

"너 나가려고?"

평이 물었다.

나이트는 대답하듯 큰 소리로 "멍!" 하고 짖었다.

평이 문을 열어 주자 나이트는 복도로 나가 코를 바닥에 바짝 대고 냄새를 맡으며 한 층 한 층 계단을 내려갔다. 마침내 2층 계단에서 아이스크림 막대를 찾아낸 나이트는 그것을 물고 돌아와 평 앞에 내밀었다. 나이트의 표정은 이렇게 말하고 있었다.

"아직도 기억 안 나?"

"……너 뭐하는 거야?"

평은 나이트가 자신의 턱 밑에 들이댄 아이스크림 막대를 멍하니 바라보다가 비로소 페이바 아이스크림 맛을 기억해 냈다. 뒤이어 책가방이 어디 있는지도 떠올랐다.

평은 나이트의 입에서 아이스크림 막대를 받아 들고 엄마에게 말했다.

"엄마, 책가방 어디 있는지 알았어요. 저 이 위안만 주세요. 그 돈이 있어야 책가방 찾아올 수 있어요."

펑은 곧 아이스크림 가게로 가서 돈을 치르고 책가방을 돌려받았다. 책가방을 가지고 집에 돌아오니 엄마는 식탁 앞에 멍하니 앉아 펑을 기다리고 있었다. 배가 잔뜩 고픈 펑은 식탁에 앉자마자 허겁지겁 밥을 먹기 시작했다. 물론 나이트에게 상으로 고기 한 점을 던져 주는 것도 잊지 않았다.

엄마는 펑이 먹는 모습을 가만히 바라보기만 했다. 숟가락조차 들지 않았다. 한참을 그렇게 말없이 바라보던 엄마가 불쑥 입을 열었다.

"너 때문에 정말 속이 상해 못 살겠어!"

갑작스런 엄마의 한마디에 펑은 깜짝 놀라 그만 입에 있던 것을 뿜어내고 말았다. 식탁 아래 있던 나이트는 펑이 뿜어낸 밥알들 때문에 덩달아 재채기를 했다.

그날 저녁부터 그동안 엄마가 해 주던 모든 것들이 중단되었다. 펑은 늘 하던 대로 목욕 채비를 하며 말했다.

"엄마, 저 목욕물 좀 받아 주세요."

엄마가 대답했다.

"네가 받아."

목욕을 하면서 펑이 외쳤다.

"엄마, 목욕 타월 좀 갖다 주세요!"

"네가 직접 가져가."

목욕을 마치고 침대에 누우니 귓가에서 윙윙 소리가 들려왔다.

"엄마, 제 방에 모기 있어요! 얼른 모기 좀 잡아 주세요."

그러나 엄마의 목소리에는 여전히 냉랭한 기운이 감돌았다.

"네가 직접 잡아!"

펑이 물었다.

"엄마, 저한테 계속 이러실 거예요?"

"그래!"

엄마의 단호한 대답에 펑은 할 말을 잃었다. 하는 수 없이 방으로 돌아가 불을 끄고 누웠지만 두 눈은 말똥말똥했다. 귓가에서 윙윙대는 모기 소리에 신경이 거슬렸다. 또 엄마의 냉담한 모습을 생각하니 속에서 무언가가 울컥 치밀어 오르는 것 같았다. 이런저런 생각으로 잠을 못 이루던 그때, 방 안에서 '빠작빠작' 이상한 소리가 들려오기 시작했다. 펑은 덜컥 겁이 났다.

'모기가 떼로 몰려왔나? 얼마나 많이 몰려왔기에 이렇게 큰 소리가 나지?'

펑은 조심스럽게 몸을 일으켜 침대 옆에 있는 전등을 켰다.

언제 들어왔는지 나이트가 방 한가운데 서 있었다. 나이트는 고개를 쳐들고 허공을 뚫어져라 쳐다보며 입으로 뭔가를 낚아채는 시늉을 했다. 날아다니며 펑을 괴롭히는 모기를 잡으려는 것이었다.

펑은 그런 나이트에게 또 한번 감동하고 말았다. 그 순간, 나이트가 길게 목을 뻗으며 펄쩍 뛰어오르더니 허공을 향해 크게 벌린 입을 꽉 다물었다. 나이트의 위 아랫니가 딱 부딪치는 소리가 들렸다. 마침내 모기가 나이트의 입속으로 들어갔다!

그제야 나이트는 제 할 일을 다 했다는 듯 돌아서 펑의 방을 나갔다. 펑은 다시 불을 끄고 침대에 누웠다. 더 이상 윙윙거리는 소리가 들려오지 않았다.

어둠 속에서 펑은 킥킥대며 웃었다.

'지금쯤 모기는 나이트의 이빨 사이에서 악몽 같은 시간을 보내고 있겠지? 그건 그렇고 오늘 밤엔 무슨 꿈을 꿀까?'

그러나 더 이상 아무 생각도 하고 싶지 않았다. 스르르 졸음이 밀려왔다. 정말이지 피곤하고 힘든 하루였다.

다음 날, 펑은 여느 때와 다름없이 책가방을 메고 집을 나섰다. 막 구시가 모퉁이를 돌려는데 멀리 3층 발코니에 서서 자신을 배웅하고 있는 나이트의 모습이 보였다. 요즘 들어 나이트가 점점 더 자신을 잘 따르고 생각해 주는 게 기특했다.

펑은 나이트를 향해 손을 들어 주고 학교로 향했다.

교실에 들어서자마자 펑은 학습 부장 관리와 마주쳤다. 관리는 목에 힘이 잔뜩 들어간 목소리로 펑에게 알려 주었다.

"오늘 1교시에 국어 단어 시험 본대."

펑은 심장이 쿵 내려앉았다. 수학 다음으로 어려운 과목이 바로 국어였다. 언젠가 담임 선생님이 펑에게 이렇게 물은 적이 있었다.

"넌 대체 무슨 과목이 그렇게 어려운 거니?"

"수학이랑…… 국어요."

펑의 대답에 선생님은 기가 막혀 말했다.

"5학년 학생이 수학이랑 국어 빼면 남는 게 뭐가 있어?"

시험을 본다는 말에 펑은 걱정이 태산 같았다.

"오늘 무슨 시험 보는데?"

관리는 눈조차 제대로 마주치지 않고 대꾸했다.

"세상에, 땀 흘리는 것 좀 봐. 간단한 단어 시험 한번 보는데 그렇게 무섭니? 십 분 동안 새 단어 백 개만 외워서 쓰면 돼."

그 말을 듣자 펑은 온몸에 진땀이 났다.

1교시가 시작되었다. 시험을 보는 동안 펑은 꼭 꿈을 꾸고 있는 것만 같았다. 십 분 후 담임 선생님이 관리에게 시험지를 걷어 오라고 할 때까지도 계속 그랬다.

그날 오후, 담임 선생님이 오전에 본 국어 시험지를 들고 교실로 들어왔다. 아이들은 모두 선생님이 입을 열기만 기다리고 있었다.

"오전에 본 국어 시험 결과를 발표하겠다. 우리 반에서 1등이 두 명 나왔다. 한 명은 관리, 다른 한 명은 펑."

와! 교실 안은 금세 아이들의 함성으로 시끌벅적해졌다.

담임 선생님이 덧붙였다.

"한 명은 앞에서 1등이고, 한 명은 뒤에서 1등이다."

"아……."

시끌벅적했던 소리가 잦아들면서 아이들의 시선이 펑에게 쏠렸다.

그러나 펑은 여전히 꿈속에 있는 듯 몽롱한 상태였다. 비몽사몽간에 담임 선생님의 고함 소리가 어렴풋이 들려왔다.

"펑! 너 때문에 정말 속이 다 뒤집히는구나!"

그러나 이마저도 펑은 꿈이라고 생각했다. 어차피 꿈속이니 누구든 무서울 것이 없다고 생각한 펑은 자리에서 벌떡 일어섰다.

"왜 저 때문에 속이 뒤집히세요?"

아이들은 눈이 휘둥그레져서 펑을 바라봤다.

담임 선생님은 펑의 책상으로 다가와 보란 듯이 펑의 시험지를 탁 내려놓았다.

"몰라서 물어! 네 시험지를 한번 봐!"

펑은 시험지를 내려다보았다.

"이거 제 시험지 아니에요. 여기 있는 단어들도 다 제가 쓴 것 아니라고요!"

담임 선생님은 정말 어이가 없다는 표정으로 펑을 바라보았다. 그러나 아무리 봐도 펑이 억지를 쓰거나 장난을 치고 있는 것 같지가 않았다. 더 없이 진지한 펑의 얼굴을 보자 선생님은 그만 말문이 막혔다. 무언가…… 자신과 펑 사이에, 아니면 어떤 거대한 존재와 펑이라는 작은 존재 사이에 커다란 문제가 가로막혀 있는 것 같았다. 도대체 누가 이런 큰 문제를 일으킨 것일까?

순간 담임 선생님은 진땀이 났다.

반 아이들 모두가 선생님의 얼굴에 땀이 흐르는 것을 보았다. 선생님은 손을 들어 관자놀이 위로 흘러내리는 땀을 닦았다. 머리카락 한 올까지 늘 단정하던 선생님의 이마가 이날은 조금 흐트러진 모습이었다.

1992년 여름날의 영상
2000년 여름

　그날 밤, 펑은 한밤중에 갑자기 잠에서 깼다. 주변은 아무 기척도 없이 고요하기만 했다. 발코니에서 자고 있는 나이트의 거친 숨소리만 이따금씩 들려올 뿐이었다. 펑이 눈을 뜨고 몸을 일으키려는데 침대 옆에 커다란 사람 그림자가 보였다. 그 사람은 허리를 구부려 펑의 얼굴을 바짝 들여다보고 있었다. 펑은 희미한 어둠 속에서 반짝이는 두 개의 물방울이 흘러내리는 것을 보았다. 의아해하는 펑의 얼굴에 맑고 투명한 물방울들이 떨어졌다.

　펑은 침대 옆의 전등을 켰다. 엄마가 침대 옆에서 자신을 바라보며 눈물을 흘리고 있었다.

　"엄마, 저한테 무슨 일 생겼어요?"

　"아냐, 그런 거."

"저 어디 아파요?"

"너 괜찮아. 아무 일 없어."

"그런데 왜 혼자서 울고 계세요?"

"그냥 좀 눈물이 나서……."

"여자들은 참 눈물이 많네요."

"그 말은…… 전혀 열 살 아이가 하는 말 같지가 않구나."

평은 벌떡 일어나 앉아 갑자기 초롱초롱한 눈빛으로 엄마를 마주 보았다.

"엄마, 저 생각난 일이 하나 있어요."

순간 엄마의 얼굴에 당황한 빛이 스쳐 지나갔다.

"무슨…… 일이 생각났는데?"

평은 고개를 숙이고는 뭔가를 골똘히 생각하더니 갑자기 주먹으로 자신의 머리를 쥐어박았다.

"아! 방금 전에 아주 중요한 일을 얘기하려 했는데…… 갑자기 생각이 안 나요. 엄마, 정말 중요한 일이었어요, 정말. 근데…… 잊어버렸어요!"

엄마는 평을 품에 꼭 안아주며 혼잣말하듯 나직이 중얼거렸다.

"억지로 생각하려고 애쓰지 마. 그럴 필요 없어. 그 일을 굳이 생각해 내서 뭐하려고?"

"엄마 오늘 좀 이상한 것 같아……."

"괜찮아. 다 괜찮아. 봐, 엄마도 그렇고 너도 그렇고, 달라진 게 뭐가 있어?"

평이 느끼기에 엄마의 말투며 표정은 아무래도 평소와 좀 다른 듯했지만 정확히 뭐가 다른지는 꼬집어 말할 수 없었다. 그리고 졸음이 쏟아져 더 이상 생각할 여력도 없었다.

잠에 빠져들면서 평은 엄마의 입술이 뺨에 와 닿는 것을 느꼈다. 엄마는 오랫동안 아들의 볼에 뽀뽀해 주었다. 이때 아마 평은 이렇게 말한 것 같았다.

"엄마, 난 우리 반 아이들에게 보여 줄 거예요."

엄마의 입맞춤은 평이 자는 동안 내내 계속될 것 같았다. 평은 엄마와 함께 꿈나라로 들어갔다.

이튿날 아침, 엄마가 평을 학교에 데려다주겠다고 나섰다. 평이 싫다고 해도 아랑곳없었다.

"우리 반 남자애들 중에 엄마 아빠가 학교에 데려다주는 애는 아무도 없어요."

"오늘은 엄마가 특별히 데려다주고 싶어서 그래."

"엄마가 자꾸 그러면 저 오늘 학교 안 갈 거예요."

평이 이렇게까지 나오자 엄마도 어쩔 수 없었다.

"그래, 알았다, 알았어. 안 갈게, 안 가."

평은 그제야 책가방을 메고 집을 나섰다. 그러나 엄마가 몰래 뒤쫓아 오고 있다는 사실은 미처 알아채지 못했다.

교문 앞에 이르렀을 때 펑은 담임 선생님을 보았다. 담임 선생님은 두 손을 주머니에 찔러 넣은 채 교문 앞을 왔다 갔다 하고 있었다. 담임 선생님과 마주치려니 무섭다기보다 또 무슨 꼬투리를 잡힐지 몰라 성가시다는 생각이 들었다. 펑은 선생님을 피하고 싶어 곧장 학교 안으로 들어가지 않고 선생님이 교문 앞을 떠날 때까지 기다리기로 했다.

　그러나 선생님이 펑을 발견했다. 그런데 평소처럼 딱딱하게 "이리와"라고 하지 않고, 오히려 빠른 걸음으로 펑에게 다가왔다.

　펑은 꾸중 들을 준비를 했다.

　담임 선생님이 입을 열었다.

　"펑, 여기서 계속 널 기다렸다."

　조금 뜻밖이었다. 고개를 들어 올려다보니 선생님의 얼굴도 여느 때와 조금 다른 것 같았다. 자세히 보니 잠을 설친 듯 선생님의 눈가가 거무스름했다.

　"선생님, 저한테 또 무슨 문제가 생겼나요?"

　선생님은 놀란 눈길로 펑을 바라봤다.

　"왜 그렇게 묻는 거니?"

　"그냥 제가 또 뭘 잘못했나 싶어서요."

　"이런 일이 있을 줄은 나도 미처 몰랐다. 정말 생각지도 못한 일이야."

　"무슨 일인데요?"

"일단 교무실에 가서 얘기하자."

평은 다시 긴장했다.

"교무실이요?"

"너에게 테스트해 보고 싶은 게 하나 있어."

"아! 선생님, 저 시험은 안 볼래요……."

"안 돼. 이건 네가 꼭 받아야 할 테스트야. 너에게 굉장히 중요한 테스트다."

선생님은 희고 창백한 손으로 평의 어깨를 두드렸다. 선생님의 손이 닿은 부위가 후끈거리며 얼얼한 기분이 들었다. 그러나 그 열기가 몸에 퍼지면서 평은 이상하게 마음이 편안해졌다.

선생님은 평을 데리고 성큼성큼 교무실로 들어섰다.

"아주 간단한 테스트야."

선생님은 종이를 꺼내더니 당나라 시인 이백의 시구를 일필휘지로 힘 있게 써 내려갔다.

향로봉에 햇빛 비쳐 자주색 안개 일고,

멀리 뵈는 폭포수는 앞 강 위에 걸려 있네.

폭포가 까마득히 높은 곳에서 세차게 떨어지니,

마치 은하수가 구천에서 떨어지는 듯하구나.

日照香爐生紫煙, 遙看瀑布掛前川.

飛流直下三千尺, 疑是銀河落九天.

(이백(李白) 〈망여산폭포(望廬山瀑布)〉의 한 부분—옮긴이)

그런 다음 종이를 펑 앞으로 밀었다.

"자, 이걸 한번 외워 봐라."

"지금이요?"

"지금 당장."

펑은 순식간에 그 시를 외웠다. 선생님은 시계를 보았다.

"37초 만에 외웠구나."

선생님의 칭찬에 펑은 어깨가 으쓱해졌다.

"선생님, 저 되게 똑똑하죠?"

선생님은 대답 대신 초콜릿을 하나 내밀었다.

"저 주시는 거예요?"

선생님이 고개를 끄덕였다.

"그래, 지금 바로 먹어라."

펑은 게 눈 감추듯 초콜릿을 먹어 치웠다. 선생님은 다시 시계를 보았다. 선생님이 왜 자꾸 시계를 보는지 영문을 모른 채 펑은 이 맛있는 초콜릿이 무슨 초콜릿인지, 그것만 열심히 생각하고 있었다.

그때 선생님이 다시 지시했다.

"펑, 이제 다시 이 시를 외워 봐."

아니나 다를까, 선생님이 초콜릿을 준 데에는 분명 다른 의도가 숨어 있었다. 펑은 조금 전 자신이 외웠던, 네 구절밖에 안 되는 이

시를 전혀 기억해 내지 못했다.

선생님은 침통한 얼굴로 잠시 침묵에 잠긴 뒤 입을 열었다.

"펑, 네가 초콜릿을 먹은 시간은 고작 13초였어. 넌 불과 13초 전에 했던 일을 완전히 잊어버린 거야."

펑은 한참을 생각하고 나서야 선생님의 말뜻을 이해했다.

"그러니까…… 제가 똑똑한 게 아니라는 말씀이시죠?"

"이건 그것보다 더 심각한 문제야!"

담임 선생님은 고개를 숙이고 다시 생각에 잠겼다.

"선생님, 저 이제 교실에 가서 수업 들어도 돼요?"

펑이 물었다.

"그래, 하지만 아직 다 끝난 게 아니다. 선생님이 금방 다시 부를 거야."

교무실을 나온 펑은 입가를 핥으며 생각했다.

'이상하다. 방금 내가 뭘 먹었지? 굉장히 맛있는 거였는데……'

수학 수업 내내 펑의 시선은 줄곧 창밖을 향해 있었다. 담임 선생님이 운동장에 나와 농구대를 빙빙 돌면서 누군가와 통화를 하고 있었다. 무슨 일 때문인지 선생님의 표정은 몹시 화가 난 듯 보였다. 거칠게 쏘아붙이더니 갑자기 전화를 끊어 버렸다. 하지만 몇 초 지나지 않아 다시 전화를 걸어 이야기를 계속했다. 좀처럼 흥분이 가라앉지 않은 듯한 얼굴이었다. 통화를 하면서도 화를 누르지 못하고 발로 계속 농구대를 뻥뻥 차고 있었다. 선생님의 발길질에 흔들거리는 골네트가 꼭 할아버지 수염 같았다.

그 순간, 선생님의 통화 내용이 자신과 관련된 게 아닐까 하는 생각이 평의 머리를 스치고 지나갔다. 어쩌면 정말 평과 밀접한 관련이 있는지도 몰랐다. 뚫어져라 담임 선생님만 바라보고 있어서 그런지 눈이 침침했다. 운동장에서 시선을 거두려던 찰나, 평의 두 눈이 다시 휘둥그레졌다. 담임 선생님이 갑자기 휴대 전화를 운동장 바닥에 내동댕이치는 것이었다! 휴대 전화는 바닥에서 몇 번 통통 튕겨나가더니 멈췄다. 선생님은 그래도 분이 풀리지 않는지 바닥에 떨어진 휴대 전화를 사정없이 발로 차 버렸다.

평은 너무 놀라 자신도 모르게 자리에서 벌떡 일어섰다.

"선생님! 저희 담임 선생님이…… 화가 나셨어요."

본래는 담임 선생님이 휴대 전화를 내팽개쳤다고 말할 생각이었지만 평의 기억력이 또 말썽이었다.

수학 선생님은 들고 있던 분필을 바닥에 던지며 말했다.

"평, 평! 너 지금 어디다 정신 팔고 있는 거니? 담임 선생님이 화가 나셨든 말든 넌 지금 수업을 들어야 할 것 아냐! 넌 다른 애들보다 열 배 백 배 천 배는 더 열심히 수학 수업을 들어야 하는 거 몰라? 자리에 앉아! 앞으로 수업 시간에 할 얘기 있으면 먼저 손부터 들고 선생님께 말해도 되는지 허락을 받고 이야기해. 갑자기 벌떡 일어나서 말하지 말고. 네가 갑자기 일어나는 바람에 선생님뿐 아니라 반 애들까지 깜짝 놀랐잖아!"

수학 선생님에게 한바탕 꾸지람을 들은 뒤 다시 운동장을 바라보니 그새 운동장은 텅 비어 있었다. 담임 선생님은 교무실로 들어갔는지 보이지 않았다.

수학 수업이 끝나고 반 아이들은 모두 밖으로 나가 놀았지만 펑은 자리에 꼼짝 않고 앉아 창밖만 내다보았다.

그때, 누군가 펑의 어깨를 탁 쳤다. 담임 선생님이었다.

불과 한 시간 사이에 선생님은 몹시 수척해진 것 같았다. 눈이 움푹 꺼진 모습이 마치 무시무시한 곳에 붙들려 있다 막 탈출한 사람 같았다. 담임 선생님은 펑을 향해 억지로 미소를 지어 보였다. 선생님의 어색한 미소를 보며 펑은, 담임 선생님은 차라리 웃지 않는 편이 더 어울린다는 생각이 들었다.

"펑, 너에게 보여 주고 싶은 것이 있다. 따라오너라."

"뭔데요?"

펑은 다시 긴장했다. 아까와는 사뭇 다른 선생님의 얼굴을 보니 더욱 긴장되었다.

"비디오테이프야."

펑은 귀가 솔깃했다.

"일본 애니메이션인가요?"

"가 보면 알아."

펑은 담임 선생님의 큰 손에 끌려 순순히 따라갔다. 무척 더운 날씨인데도 선생님의 손은 서늘했다.

"선생님, 어디로 가는 거예요?"

펑이 궁금증을 참지 못하고 물었다.

그러나 선생님은 말이 없었다.

펑은 아마 선생님이 대답하고 싶지 않거나 아니면 자신의 말을 듣지 못해서일 거라고 생각했다. 선생님이 대답하고 말고는 중요하지 않았다. 펑의 관심은 온통 선생님이 어떤 애니메이션을 보여 줄까 하는 데에만 쏠려 있었다.

담임 선생님은 펑을 데리고, 아니, 거의 끌다시피 해서 어느 건물 지하실에 도착했다. 그곳이 지하실인지는 확실치 않았지만 펑에게는 이 신비로운 곳이 분명 지하실이라 여겨졌다. 지하실 방 안에 들어서자마자 싸늘한 냉기가 온몸을 휘감았다.

펑은 문 입구에서 무언가에 걸려 그만 넘어지고 말았다. 그러나 주위를 두리번거리며 살펴보아도 바닥에는 아무것도 없었다. 대체 무엇에 걸려 넘어졌는지 알 수 없는 노릇이었다. 펑은 사방을 둘러보았지만 방 안에는 아무것도 없었다. 벽에 인물 사진 하나가 걸려 있을 뿐이었다. 사진은 꽤 오래된 것 같았다. 그래서인지 사진 속 인물도 어딘가 모르게 예스럽고 쓸쓸해 보였다. 사실 이곳은 방이 아니라 긴 복도였다.

펑은 복도를 따라 걸으며 벽에 줄지어 걸려 있는 인물 사진들을 훑어보았다. 복도를 거의 다 지나 어느 방에 들어서려 할 무렵, 누군가의 사진이 펑의 눈길을 붙잡았다. 여자 사진이었다. 펑은 걸음을 멈췄다. 어디선가 본 듯한 여자였다. 분명 낯이 익었다. 하지만 어디서 보았는지는 끝내 생각나지 않았다.

평이 사진을 뚫어져라 보고 있는 동안 담임 선생님은 벌써 방의 또 다른 문을 열고 들어서고 있었다. 서둘러 선생님을 뒤따라 들어간 평은 한동안 말없이 서서 실내를 둘러보았다. 그곳은 영상을 볼 수 있는 작고 깔끔한 시청각실이었다. 초록색 벽에 스크린으로 보이는 흰 천이 걸려 있었고, 좌석은 딱 일곱 개뿐이었다.

담임 선생님은 영상 프로젝터에서 가장 가까운 의자에 앉으며 평을 돌아보았다.

"앉아라."

평도 의자에 앉았지만 금세 다시 일어섰다. 무언가 찝찝한 느낌에 엉덩이를 만져 보니 손에 먼지가 잔뜩 묻어났다.

"이곳은 팔 년 동안 아무도 들어온 적이 없어."

선생님이 말했다.

"팔 년이요?"

'팔 년'은 평에게 이미 익숙한 단어였다. 그러나 평의 기억력이 그것을 간직하고 있을 리 없었다.

평은 의자 위의 먼지를 입으로 후후 불었다. 먼지는 금세 공중에 흩어졌다.

"자, 스크린에 집중해!"

선생님의 말에 평은 얼른 다시 의자에 앉았다. 처음에는 잠시도 가만히 있지 못하고 엉덩이를 들썩거렸지만 스크린 위에 한 줄의 자막이 떠오르면서 펑은 모든 움직임을 멈췄다. 펑의 얼굴이 한순간에 돌처럼 굳어졌다.

1992년 여름의 펑

영상의 제목이었다. 이어서 매우 자극적인 부제가 나타났다.

10세 어린이의 경악할 만한 행태 보고

자기도 모르게 의자에서 일어서는 펑을 선생님이 손으로 눌러 다시 앉혔다.

펑은 의자에 앉아 스크린에 시선을 고정시켰다가도 금세 또다시 몸을 움직였다. 선생님은 그런 펑을 옆에서 유심히 지켜보았다.

펑의 몸이 서서히 떨려오고 있었다.

*

화면에 구시가 시장 안을 돌아다니는 펑의 모습이 보였다. 펑의 얼굴은 한껏 들떠 있었다. 펑 뒤에는 몸집이 크고 털이 긴 개 한 마리가 펑을 따르고 있었다.

"예전의 긴 털 나이트야!"

펑이 스크린을 가리키며 크게 외쳤다.

"쉿!"

선생님이 집게손가락을 입술에 갖다 대며 펑에게 주의를 주었다.

*

이번에는 자전거를 끌고 가는 한 노인이 화면에 나타났다. 자전거 뒤 짐칸에는 포대 하나가 실려 있었다. 이때 펑이 모습을 드러냈다. 펑은 자전거를 끌고 가는 노인 뒤를 살금살금 따라가다가 사람들이 붐비는 곳에 들어설 무렵 호주머니에서 연필 깎는 칼을 꺼냈다.

*

스크린을 보면서 펑은 잔뜩 긴장한 채 주먹 쥔 손을 입가에 대고 이빨로 꽉 깨물었다.

*

칼을 꺼내 든 펑은 자전거 뒤에 있는 포대에 그 칼을 댔다. 칼로 포대를 한 번 긋자 포대 안에서 새하얀 쌀알들이 쏟아져 나왔다. 그것을 본 펑과 나이트는 돌아서서 괴성을 지르며 달아났다.

이번에는 주택가 건물에 화재가 난 장면이 나왔다. 사람들은 서둘러 건물 안으로 들어가 가재도구들을 끌어냈다. 밖으로 옮긴 물건들은 공터에 쌓아 놓았다. 이때 펑이 나타났다. 펑은 물건들을 쌓아 둔 곳으로 다가갔다.

*

펑은 화면 속의 자신이 뭘 하려는지 궁금해 목을 길게 빼고 입을 벌린 채 스크린을 주시했다. 쿵쾅쿵쾅 뛰는 가슴을 주체하지 못하며 다음 장면을 기다렸다.

*

펑은 잔뜩 쌓여 있는 물건들 속에서 물총을 하나 발견했다. 펑은 손을 뻗어 물총을 집고는 주위를 둘러보았다. 보는 사람이 아무도 없자 나이트를 불렀다. 이리저리 주변을 살피고 있던 나이트는 주인이 부르는 소리에 냉큼 달려왔다. 펑은 그 물총을 나이트의 목에 걸고 함께 그 자리를 벗어났다.

*

"아냐, 아냐! 저 애는 내가 아니야! 왜 저에게 이런 걸 보여 주시는 거예요?"

충격을 받은 펑은 온몸에 힘이 쭉 빠지면서 그 자리에 쓰러지고 말았다. 그때 선생님의 목소리가 귀에 꽂히듯이 들려왔다.

"저 아이는 바로 너야, 펑."

무슨 말이든 하고 싶었지만 펑은 그만 그 자리에서 정신을 잃고 말았다.

얼마나 지났을까, 선생님이 큰 소리로 부르는 소리가 어렴풋이 들려왔다.

차츰 정신이 돌아오고 있었지만 펑은 너무 두려워서 도저히 눈을 뜰 용기가 나지 않았다. 선생님은 이러한 상황을 미리 예상했는지 생수를 한 병 꺼내 쓰러져 있는 펑의 얼굴에 들이부었다.

"선생님, 죄송해요. 저 그만 볼래요."

간신히 정신을 차린 펑이 애원하다시피 말했다.

그러나 선생님은 진지한 목소리로 대답했다.

"넌 이걸 다 봐야 해. 이제 겨우 초반부야."

"저…… 더 이상 못 보겠어요……."

아주아주 특별한 아이
2000년 여름

신비에 싸인 지하 방에서 펑은 서서히 정신이 돌아왔다. 자신에 관한 영상을 더 이상 보고 싶지 않았지만 봐야만 했다. 반드시 봐야 했다. 영상을 보는 내내 펑은 고문을 당하는 기분이었다. 누군가가 자신을 한 덩어리 고기처럼 솥에 넣어 익혔다가 꺼내고, 식으면 다시 집어넣어 익히는 것을 끊임없이 되풀이하는 것만 같았다. 뜨거운 솥에 들어갈 때의 기분은 정말 죽을 것처럼 고통스러웠다.

몸이 고통스러운 것이 아니라 마음이 괴로웠다.

"저 목말라요. 물 마시고 싶어요. 얼음처럼 차가운 물이요!"

선생님은 물을 한 컵 따라 펑에게 주었다.

"마셔라. 얼음처럼 차갑진 않지만."

꿀꺽꿀꺽 물을 들이켜고 나자 펑은 그제야 머릿속이 조금 맑아지는 것 같았다. 정신을 차려 보니 교무실이었다.

"어, 방금 전까지 우리 어느 방에서…… 방에서……."

담임 선생님이 바로 곁에서 펑의 얼굴을 찬찬히 들여다보고 있었다. 선생님과 이렇게 가까이 마주 앉아 있는 것은 처음이었다. 뿐만 아니라 선생님이 이렇게 자상한 눈으로 펑을 바라보는 것도 처음인 듯했다. 선생님은 손을 뻗어 펑의 입가에 묻은 물을 닦아 주었다.

"방금 전에 어느 방에서…… 잠깐, 저 생각 좀 해 볼게요……."

그러자 선생님이 또박또박 천천히 말했다.

"펑, 우리가 조금 전에 그 방에 있었던 것 맞아. 내가 널 업고 온 거야. 네가 차근차근 기억할 수 있도록 도와주마. 이건 기억나니? 우리는 어느 건물 지하실에 도착해 긴 복도를 따라 걸어갔어. 벽에는 여러 개의 인물 사진들이 걸려 있었고……. 기억나지?"

펑은 고개를 저었다.

"저 아직도 목이 말라요……."

선생님은 말하는 속도를 더 늦추어 천천히 설명했다.

"그런 다음 우리는 또 다른 문 앞에 도착했어. 그때 너는 문 입구에서 벽에 걸린 사진 하나를 보느라 걸음을 멈췄지……."

"목말라요……."

선생님은 계속 기억을 더듬어 갔다.

"……나는 그런 너를 재촉해 방에 들어갔고. 거기서 뭘 보았니? 영상 프로젝터랑 벽에 걸린 스크린을 보았잖아. 의자도 있었고. 의자가 모두 일곱 개였지······."

펑이 말했다.

"너무 졸려요. 저 좀 잘래요······."

"지금 잠들면 안 돼, 정신 똑바로 차리고 선생님 말을 끝까지 들어. 펑! 펑! 눈 떠. 눈 뜨라니까!"

그러나 펑은 이미 선생님의 책상에 엎드려 자고 있었다. 졸리다는 말이 끝나기 무섭게 누가 업어 가도 모를 만큼 곤하게 잠이 든 것이다.

한참 뒤에 눈을 뜬 펑은 옆에 선생님과 차오커가 함께 서 있는 것을 보았다.

"한잠 푹 자고 일어났더니 훨씬 개운해졌어요."

펑은 몸을 일으키며 늘어지게 기지개를 켰다.

담임 선생님이 다시 펑의 얼굴을 빤히 들여다보며 물었다.

"이제 정신이 좀 맑아졌니?"

"네."

"그럼 네가 본 것들에 대해 말해 볼래?"

펑의 두 눈이 또다시 멍해졌다.

"음······ 꿈을 꿨는데, 뭔가 아주 어지럽고 복잡했어요······. 모르겠어요. 기억이 안 나요. 아주아주 이상한 꿈이었는데······."

"조금이라도 기억나는 것 없어?"

펑은 고개를 흔들었다.

"다시 한번 잘 생각해 봐."

선생님은 포기하지 않고 말했다.

그러나 펑은 여전히 고개만 내저을 뿐이었다.

옆에서 지켜보고 있던 차오커가 한마디 했다.

"선생님, 지금 펑이랑 뭐 하시는 거예요? 펑이 꾼 꿈이 그렇게 중요한가요? 절 부르신 게 펑의 꿈 이야기 때문이에요?"

선생님은 차오커의 물음에 얼른 대답하지 못하고 잠시 망설였다. 당장 차오커에게 모든 것을 알려 주기는 어려운 노릇이었다.

"오늘 네가 펑을 집까지 좀 데려다주어라."

"네? 제가요?"

차오커는 선생님이 왜 이런 일을 시키는지 당혹스러워하며 선생님을 바라보았다.

"지금 당장은 너에게 설명해 주기가 좀 곤란하구나. 정 싫으면 다른 학생을 부르도록 하마."

"아니에요. 제가 갈게요."

차오커는 썩 내키지 않는 얼굴로 마지못해 대답했다.

옆에서 듣고 있던 펑이 끼어들었다.

"저, 집까지 혼자 갈 수 있어요. 데려다주지 않아도 돼요."

"안 돼. 반드시 집까지 잘 데려다주도록 해라."

선생님은 단호한 어조로 다시 한번 당부했다.

펑과 차오커가 교무실을 나가자 담임 선생님은 주머니에서 검은색 수첩을 하나 꺼내 수첩 한 페이지에 이렇게 메모했다.

"부분 기억 상실."

수첩을 덮어 다시 주머니에 넣은 선생님은 책상 위에 놓인 찻잔을 집어 들었다. 그러고는 거칠게 바닥에 내동댕이쳤다. 찻잔은 산산조각이 났다.

차오커는 펑과 함께 걷고 있었다. 가는 길에 펑이 말했다.

"나 혼자 갈 수 있어. 넌 그냥 집에 가."

"안 돼. 선생님께 널 데려다주겠다고 대답했으니 네가 집에 들어가는 것 보고 갈 거야."

차오커가 마음을 바꿀 것 같지 않자 펑도 더 이상 아무 말 하지 않았다. 그러나 잠시 후, 차오커와 나란히 걷던 펑이 갑자기 몸을 날려 뛰기 시작했다. 그것을 본 차오커도 펑을 쫓아 죽을힘을 다해 달렸다. 그러나 큰길을 돌아 좁은 골목으로 들어설 무렵 펑은 차오커의 시야에서 사라져 버렸다.

펑을 놓친 차오커는 즉시 선생님에게 전화를 걸었다.

"선생님, 펑을 잃어버렸어요……."

담임 선생님은 버럭 화를 냈다.

"펑이 무슨 물건이냐, 잃어버리게? 놓쳤단 말이냐?"

"하지만 선생님, 제 생각에 굳이 데려다줄 필요도 없는 것 같아요. 걔가 무슨 1, 2학년 어린애도 아니고요."

"그래, 네 말도 틀리진 않아. 하지만 차오커, 선생님이 한 가지만 말해 둘게. 펑은 네가 생각하는 그런 공부 못 하고 나쁜 짓만 일삼는 아이가 아니다. ……선생님이 지금 다 이야기해 줄 순 없지만, 간단히 말하면 펑은 굉장히 특별한 아이야."

"펑이요? 펑이 특별해요? 선생님, 저 지금 펑에 대해 말하고 있는 거예요."

"나도 펑에 대해서 말하고 있는 거야!"

선생님이 빽 소리를 지르는 바람에 차오커는 깜짝 놀라 수화기에서 잠시 귀를 뗐다.

"선생님, 왜 그러세요?"

그러나 다시 수화기를 귀에 댔을 때는 이미 전화가 끊어져 있었다.

이튿날, 차오커는 반 아이들에게 선생님이 전날 펑에 대해 한 말을 들려주었다. 차오커의 이야기에 누구보다 놀란 아이는 관리였다.

"말도 안 돼! 펑이 무슨 특별한 애야? 공부도 안 하고 만날 나쁜 짓만 하고 돌아다니는 애가 뭐가 특별해?"

그때 차오커가 눈짓을 했다. 관리가 뒤를 돌아보니 펑이 교실로 들어오고 있었다.

"하, 특별한 분 오셨네!"

관리는 일부러 큰 목소리로 비꼬듯이 말했다.

펑은 반 아이들의 시선이 자신에게 쏠린 것을 보고는 얼른 뒤를 돌아보았다.

"특별한 분이 누군데?"

아이들은 웃음을 터뜨렸다. 펑은 당황해서 물었다.

"내가 또 뭐?"

"너 오늘부터 '특별한 사람' 됐어."

"넌 아주아주 특별한 아이래."

아이들이 왁자지껄 떠들어 대는 말에 펑이 다시 물었다.

"내가 왜 특별해?"

아이들은 맨 처음 그 이야기를 꺼낸 차오커를 바라보았다.

"왜 날 봐?"

차오커가 시선을 피하자 이번에는 아이들의 눈길이 관리에게로 쏠렸다.

관리는 갑자기 안경을 벗더니 딱히 뭐가 묻은 것 같지도 않은 안경알을 열심히 닦기 시작했다.

"내가 뭐가 특별하다는 거야?"

펑이 재차 물었다.

아이들은 대답할 말을 찾지 못해 슬금슬금 자기 자리로 돌아갔다. 다들 교실 안의 어색한 분위기를 피하느라 입을 꾹 다물고 있었다. 그러자 펑은 안달이 났다. 그 자리에 선 채 애원하듯 아이들에게 대답을 재촉했다.

"내가 뭐가 특별해? 응? 내가 뭐가 특별하냐고?"

그때 담임 선생님이 교실 문을 열고 들어섰다.

"무슨 일이냐?"

"애들이 저보고 아주……아주…… 무슨 사람이라고?"

순간, 교실은 다시 웃음바다가 되었다. 눈치를 챈 선생님은 잠자코 아이들의 웃음소리가 멎기를 기다렸다. 얼마 후, 교실이 조용해지자 선생님이 입을 열었다.

"다 웃었니? 그래, 그럼 선생님이 모두에게 다시 한 번 확실하게 알려 주겠다. 펑은 정말 아주아주 특별한 사람이다!"

아이들이 웅성거렸다. 아이들은 의아한 얼굴로 서로 마주 보며 귓속말을 주고받기 시작했다. 펑에게는 매우 익숙한 광경이었다. 이전에도 자신이 무언가를 잘못할 때면 선생님이 자신의 이름을 호명하기 전에 아이들이 먼저 이렇게 서로서로 속닥거리곤 했다.

이제까지와 다른 점이 하나 있다면, 이번에는 누군가가 손을 번쩍 들고 일어나 선생님에게 직접 의문을 제기한 것이다. 바로 관리였다. 관리는 반 아이들 모두의 생각을 대변하듯 선생님에게 물었다.

"선생님, 펑이 왜 특별한 애죠? 말씀해 주세요."

펑도 선생님의 얼굴을 똑바로 쳐다보며 대답을 기다렸다. 선생님의 얼굴 표정이 눈에 띄게 복잡해졌다. 관리의 질문에 선생님은 말문이 막힌 듯 고개를 떨구고 구두 끝만 내려다보았다. 마치 모든 문제가 그 구두에 있기라도 한 것처럼.

관리가 다시 선생님을 불렀다.

"선생님?"

마침내 선생님이 고개를 들었다. 그리고 여느 때 같지 않게 심각한 말투로 말했다.

"너희들에게 어디서부터 설명해야 할지 모르겠다. 머릿속이 복잡하구나. 아직은…… 아직은 선생님이 펑에 대해 제대로 설명할 길이 없다. 다들 이해해 주기 바란다."

"선생님, 제가 대체 어떻길래 그러세요?"

펑이 답답하다는 듯 물었다.

"펑, 네 자리로 가서 앉아라. 언젠가는 선생님이 분명하게 다 설명해 줄 수 있을 거야."

펑은 자리로 가서 앉았지만 머릿속은 온통 뒤죽박죽이었다. 수업 시간에 무엇을 배웠는지 아무것도 기억나지 않았다. 사실 담임 선생님도 한 시간 동안 어떻게 수업을 했는지 머릿속이 하얗기만 했다.

그날 저녁, 선생님은 저녁 식사를 하러 '웨이메이쓰'라는 작은 식당에 들어갔다. 조용하고 깔끔해서 평소에도 자주 찾는 곳이었다. 식당 주인이 반기며 물었다.

"청 선생님 오셨어요? 늘 드시던 대로 가져올까요?"

"네, 그리고 오늘은 술도 한 병 주세요."

"날씨가 많이 덥죠? 방금 가게에 시원한 생맥주가 들어왔는데 한 잔 드릴까요?"

"아니요, 도수 높은 백주로 주세요."

선생님의 안색이 평상시와 다른 것을 보고 주인이 조심스레 다시 물었다.

"그럼 우선 두 량만 가져올까요?"

신생님은 다섯 손가락을 쫙 펴 보이며 말했다.

"다섯 량 주세요."

주인은 고개를 갸웃하며 주방으로 들어갔다. 등 뒤로 선생님이 재촉하는 목소리가 들려왔다.

"빨리 주세요!"

이렇게 술 생각이 간절한 것은 이번이 처음이었다. 술과 음식이 나오자 음식에는 손도 대지 않고 술부터 한 모금 들이켰다. 한 모금, 또 한 모금……. 술이 들어가자 그제야 머리가 좀 가벼워지는 것 같았다. 눈을 들어 창밖의 거리를 바라보았다. 머리를 좀 식히고 싶었다. 잠깐이라도 좋으니 모든 것을 다 잊고 쉬고 싶은 생각이 간절했다. 무엇보다 잊고 싶은 것은 펑, 펑에 관한 일이었다.

술에 잔뜩 취한 선생님은 먹은 것을 모조리 토했다. 가게 주인은 황급히 사람 셋을 불러 선생님을 집까지 모셔다 드리도록 했다. 사람들의 도움을 받아 간신히 집에 도착한 선생님은 그대로 곯아떨어졌다. 그리고 한밤중에 잠에서 깨어났다.

침대 옆에 펑이 서 있었다. 펑이 꼿꼿이 서서 두 눈을 부릅뜨고 자신을 노려보고 있었다. 선생님은 외마디 비명을 지르며 손으로 자신의 머리를 쳤다. 그런 다음에야 펑의 환영이 눈앞에서 사라졌다.

환영이 사라진 뒤에도 선생님은 도저히 다시 잠을 이룰 수가 없었다. 뜬눈으로 꼬박 밤을 지새고 새벽녘이 되어서야 기진맥진한 몸으로 침대에서 내려왔다.

아침 일찍 학교에 도착한 선생님은 교문 앞에서 펑을 기다렸다.

먼발치에서 책가방을 메고 오는 펑의 모습이 보이자 왠지 긴장이 되었다. 팔에 끼고 있던 책이 두어 번이나 땅에 떨어졌다.

선생님은 밤중에 잠을 깬 이후로 지금까지 줄곧 어떻게 하면 이 말하기 어려운 일을 펑에게 잘 설명할 수 있을까 생각하고 있었다. 펑을 보기 십 분 전에야 비로소 생각을 정리할 수 있었다. 일단 먼저 펑의 기억력이 회복되는 것이 우선이다. 그런 다음에 설명을 하든지 해야지 그 전에는 모든 것이 헛수고다…….

펑은 담임 선생님이 교문 앞에 서 있는 것을 보고 발걸음을 멈췄다. 선생님은 펑이 또 자신을 피하려 한다는 것을 알아차리고 먼저 펑을 향해 손짓했다.

"펑, 오늘은 널 칭찬해 주고 싶구나."

"네? 왜요?"

"음……. 오늘 옷차림이 아주 단정해서……."

펑은 자신의 옷을 한번 쓱 훑어보고는 어리둥절한 얼굴로 말했다.

"이 옷 어제도 입고 왔는데요. 어제는 아무 말씀 없으셨잖아요."

순간 담임 선생님은 할 말이 궁해졌다. 자신이 정말 바보같이 느껴졌다. 차라리 숨기지 말고 펑에게 툭 터놓고 이야기하는 편이 낫겠다는 생각이 들었다.

"펑, 너에게 보여 줄 것이 하나 있다. 정확히는 일종의 데이터인데……"

"수학이랑 관련된 거예요?"

펑의 얼굴이 어두워졌다.

"아니, 아니다. 수학이랑 관련 없어."

"그럼 시험이랑도 관련 없어요?"

"걱정 말고 따라오너라."

펑을 데리고 교무실로 들어간 담임 선생님은 금속 캐비닛에서 서류함을 하나 꺼냈다. 검은색의 철 서류함은 열 자리 숫자의 비밀번호를 맞춰야 열리도록 되어 있었다. 담임 선생님은 펑을 한번 돌아보고는 손을 움직여 열 개의 비밀번호를 맞추었다. 펑은 선생님의 등 뒤로 고개를 내밀고 그 서류함 안을 들여다보았다. 그 안에는 여러 장의 검은 카드가 차곡차곡 쌓여 있었다. 선생님은 그중 하나를 꺼내 들고 잠시 뭔가를 생각하더니 그것을 도로 집어넣고 다른 카드를 꺼냈다.

"아마 넌 못 믿겠지만 이 서류함 안에는 너와 관련된 숫자들이 하나도 빠짐없이 기록되어 있단다."

펑은 왠지 모르게 또다시 두려움이 몰려왔다.

"무슨…… 숫자요?"

"특별 재판부에서 심사한 바에 의하면, 넌 총 팔백육 개의 잘못을 저질렀고 세 개 반의 좋은 일을 했어."

"네? 잠깐만요, 선생님. 다시 한 번만요. 특별…… 재판부요? 팔백 몇 개의 잘못을 저지르고 세 개 반의 좋은 일을 했다고요, 제가?"

"네 기억력이 아주 엉망은 아니구나."

평은 놀라움이 가시지 않은 목소리로 말을 이었다.

"세 개 반은 또 뭐예요? 세 개면 세 개고, 네 개면 네 개지 세 개 반이라뇨? 반 개짜리 좋은 일도 있나요?"

"그만 좀 다그쳐라. 일단 생각 좀 해 보자."

선생님은 한참 동안 뭔가를 골똘히 생각했다.

"아직도 생각 안 나세요?"

"그래, 얼른 떠오르지 않는구나. 하지만 이 기록은 틀림없어. 절대 착오가 있을 리 없지."

평은 순간 격한 감정을 이기지 못하고 선생님의 책상 위로 펄쩍 뛰어올라 외쳤다.

"전 믿을 수 없어요! 어떻게 세상에 이런 일이 있을 수 있어요!"

"평, 흥분하지 마라. 이건 실제로 네게 일어났던 일이야. 어서 내려와!"

그러나 평은 꿈쩍도 하지 않았다.

"싫어요! 안 내려가요! 이게 다 무슨 일인지 저한테 똑바로 말씀해 주세요!"

이때, 관리와 차오커가 교무실로 들어왔다. 두 아이는 펑이 선생님의 책상 위에 올라가 있는 것을 보고 놀라서 입을 다물지 못했다.

"무슨 일이냐?"

선생님의 물음에 관리가 대답했다.

"선생님, 수업 시작한 지 한참 됐는데요. 애들이 왜 선생님이 안 오시는지 궁금해하고 있어요."

"아! 이런, 내 정신 좀 보게. 수업을 까맣게 잊고 있었다니."

선생님이 허겁지겁 수업 준비를 하는 사이에 차오커가 펑을 향해 외쳤다.

"펑! 너 왜 선생님 책상 위에 올라가 있어? 얼른 내려와!"

펑은 순순히 책상 위에서 내려오더니 멍한 얼굴로 물었다.

"내가 왜 선생님 책상 위에 올라가 있었지?"

"일부러 모르는 척 시치미 떼지 마!"

관리가 얄밉다는 듯 한마디 톡 쏘았다.

"내가 뭘 어쨌다고 그래?"

선생님은 급히 손을 들어 아이들을 말렸다.

"그만들 해라. 싸울 필요 없다. 모두 내 잘못이니까."

그 말을 들은 관리와 차오커는 어찌 된 영문인지 모르겠다는 듯 둘이서 귓속말을 주고받았다.

"선생님이 왜 저러시지?"

"내가 어떻게 알아?"

펑이 다시 물었다.

"선생님, 제가 왜 선생님 책상 위에 올라갔죠?"

선생님은 말없이 펑의 머리를 쓰다듬어 주었다.

"언젠가 이 모든 일을 사실대로 다 설명해 주마."

그러고는 수업을 위해 서둘러 교실로 달려갔다.

펑이 그 뒤를 따르며 외쳤다.

"선생님, 왜 도망가세요? 전 세상에 이런 일이 있다는 거 믿을 수 없어요!"

이유 있는 선행
2000년 여름

수업을 마친 담임 선생님은 몹시 피곤했다. 온몸에 기운이 빠지고 목이 잠겨 말하기도 힘들었다. 하지만 지금은 쉴 수가 없었다. 아직 하지 못한 중요한 일이 남아 있었기 때문이다. 선생님은 그것 때문에 숨 돌릴 여유조차 찾지 못할 만큼 압박감을 느끼고 있었다.

"펑, 칠판 좀 깨끗이 지워 놓으렴."

담임 선생님이 펑에게 말했다.

펑은 내키지 않는다는 얼굴로 퉁명스럽게 대꾸했다.

"한 번도 칠판을 지워 본 적 없는데요. 이런 자잘한 일은 애들이 서로 하려고 하잖아요."

"그럼 오늘부터, 아니, 지금부터 해 보도록 해라. 앞으로는 이런 자잘한 일도 나서서 할 줄 알아야지."

그러자 펑은 빙글거리며 선생님의 말을 되받았다.

"선생님 평소에 늘 저희들에게 이렇게 말씀하셨잖아요. '작은 일을 하고자 하는 사람은 그저 작은 일들을 하는 데서 즐거움을 얻겠지만, 살아가는 동안 큰일을 하고자 하는 사람은 단 한 가지 일을 하더라도 천지가 놀랄 큰일을 이루게 될 것이다'라고요."

순간 선생님은 귓속이 윙윙 울리는 것을 느꼈다. 평소 아이들에게 들려준 격언을 이런 식으로 갖다 붙이는 펑의 궤변을 듣고 있으려니 얼굴 근육이 부들부들 떨려 왔다. 특히 왼쪽 눈이 심하게 떨렸다. 처음에는 왼쪽 눈꺼풀이 규칙적으로 떨리다가 이내 미친 듯이 마구 떨리기 시작했다. 어쩔 수 없이 손으로 왼쪽 눈을 누르고 있어야만 했다. 그런데도 눈꺼풀은 경련을 멈추지 않았다.

보다 못해 관리가 끼어들었다.

"펑, 선생님께 버릇없이 무슨 짓이야? 선생님 화나신 것 안 보여?"

차오커도 펑에게 한마디 했다.

"넌, 넌 정말 어쩔 수 없는 애야."

담임 선생님은 왼쪽 눈에서 손을 떼고 아이들을 말렸다.

"그만해라. 전에도 말했잖니. 펑은 아주 특별한 사람이라고."

관리가 펑 대신 칠판을 지우려고 칠판 쪽으로 다가갔다.

"아니다, 관리. 네가 지우지 않아도 된다. 난 펑이 칠판을 깨끗이 지워 놓을 거라고 믿는다."

담임 선생님은 이렇게 말하고 펑을 돌아보았다. 마침 펑은 선생님의 왼쪽 눈꺼풀이 심하게 떨리는 것을 보고 마치 얼굴 한 부분에 전류가 흐르는 것 같다고 생각하고 있었다. 선생님의 왼쪽 눈이 조금 전보다 티가 나게 작아진 것이 정말 우스꽝스러웠다. 펑은 웃음을 참지 못하고 킥킥거리며 대답했다.

"전 이런 작은 일을 할 사람이 아니에요. 전 태생이 큰일을 할 사람이라고요."

담임 선생님은 온몸이 녹아내리는 것 같아 교탁 의자에 주저앉았다. 소매로 이마의 땀을 닦으며 관리에게 부탁했다.

"선생님 물 한 잔만 갖다 줄래?"

그사이 펑은 아무 일도 없었던 것처럼 태연하게 다른 아이들을 바라보며 외쳤다.

"누구 축구할 사람?"

아이들의 반응이 없자 펑은 다시 외쳤다.

"나랑 축구할 사람?"

평소 축구를 좋아하는 몇몇 남학생들이 머뭇머뭇하며 펑과 선생님을 번갈아 바라보더니 결국 시선을 피했다.

"너 혼자 가서 해!"

차오커가 펑을 향해 큰 소리로 쏘아붙였다.

"너 정말 성가시게 군다!"

펑이 아니꼽다는 듯 차오커를 바라보았다.

"너야말로 세상에서 가장 성가신 녀석이야!"

차오커의 대꾸에 펑은 차오커에게 달려들어 멱살을 움켜잡았다. 차오커는 펑의 손목을 비틀었다. 몸싸움이 시작되었다.

"둘 다 그만해!"

기운 없이 의자에 앉아 있던 담임 선생님이 고함을 쳤다.

남학생들 몇 명이 달려와 펑과 차오커를 떼어 놓았다. 선생님은 화를 누르고 애써 마음을 가다듬으며 펑과 차오커에게 어떤 말을 해 주어야 할지 생각했다. 그사이 차오커가 씩씩거리며 먼저 입을 열었다.

"선생님, 건의드릴 게 있어요."

"좋은 건의만 받아들이겠다."

선생님은 휴지를 손에 쥐고 연신 흘러내리는 땀을 닦았다. 휴지는 땀에 젖어 똘똘 뭉쳐져 있었다.

"펑을 다른 반으로 보내 버려요."

차오커가 말했다.

"뭐?"

깜짝 놀란 펑이 다시 차오커에게 덤벼들었다.

결국 담임 선생님이 의자에서 일어나 두 아이 사이를 가로막았다. 그리고 화를 참느라 창백해진 얼굴로 차오커를 노려보았다.

"너 방금 뭐라고 했니? 다시 한 번 말해 봐!"

선생님의 엄한 목소리에 기가 죽은 차오커는 우물쭈물 말을 더듬었다.

"제가…… 잘못 말했나요?"

"절대 해서는 안 될 말이야! 펑, 방금 차오커가 한 말 용서해 줄 수 있겠니?"

담임 선생님은 한 가닥 희망을 품고 펑을 돌아보았다. 만약 펑이 넓은 마음으로 용서해 준다고만 하면 이 역시 좋은 일을 한 셈이 될 거라고 생각했다.

그러나 펑은 예전과 조금도 달라진 것이 없었다.

"용서 못 해요. 전 절대 이 녀석 용서 못 해요!"

담임 선생님은 절망스런 기분이 되었다.

"모두 나가라……. 모두 나가!"

학생들은 어쩔 줄 몰라 하며 교실을 빠져나갔다. 펑도 아이들과 함께 교실 문을 나서려는데 선생님이 펑을 붙잡았다.

"넌 안 돼. 넌 남아!"

"왜 저만 남아요?"

"제발 질문 그만. 선생님은 지금 네가 평생 생각해도 모를 엄청난 일을 할 수 있도록 도와주려고 그래."

펑은 웃었다.

"괜찮아요. 어차피 모를 거 그냥 모르는 대로 살래요!"

"그런 뜻이 아니라, 선생님 말은……."

선생님은 급히 다시 설명하려고 했지만 펑은 잽싸게 교실을 벗어나 운동장으로 달려 나갔다.

선생님은 다시 의자로 돌아와 힘없이 주저앉았다. 한 마리, 아니, 수만 마리 파리 떼가 머릿속을 뚫고 들어오는 것만 같았다.

그때 관리가 교실로 들어왔다. 관리는 선생님에게 할 말이 있는 듯 조용히 들어와 문을 닫았다.

"무슨 일이니?"

"선생님, 제 생각엔 선생님이 일부러 펑을 감싸 주시고 계신 것 같아요. 다른 아이들도 다 그렇게 느끼고 있어요. 누가 봐도 선생님이 펑을 편애하시는 거 알 수 있어요!"

"관리, 관리! 잠시만이라도 선생님 좀 가만히 내버려 두면 안 되겠니?"

"제가 선생님을 귀찮게 했나요?"

관리는 울먹울먹 두 눈가가 붉어졌다.

선생님은 관리의 눈물을 닦아 주며 달래기 시작했다.

"울지 말고. 네가 이러면 선생님 마음이 어떻겠니? 선생님은 지금 너희들에게 모든 걸 다 설명해 줄 수가 없어. 선생님도 어떻게 너희들을 이해시켜야 할지 잘 모르겠다."

관리는 고장 난 수도꼭지처럼 펑펑 눈물을 흘렸다.

"선생님, 전 반 아이들 전부를 대신해서 말씀드린 거예요."

관리는 교실이 떠나가라 대성통곡을 했다. 선생님에게 귀찮은 아이 취급을 받은 것이 서러워서였다. 늘 모범생이기만 했던 관리로서는 참을 수 없는 굴욕이었다.

그때 남학생들 몇 명이 쿵쾅거리며 교실로 뛰어 들어왔다.

"선생님! 펑이랑 차오커 싸워요!"

"펑이 차오커 때려서 코에서 피 나요!"

"차오커 옷이 피범벅이 됐어요!"

아이들은 담임 선생님이 이 소식을 들으면 깜짝 놀라 교실 밖으로 달려 나갈 줄 알았다. 그러나 뜻밖에도 선생님의 표정은 이상하리만치 차분했다.

"알았다."

선생님은 들릴 듯 말 듯한 목소리로 대답하고는 조용히 운동장으로 향했다. 아이들은 얼떨떨한 얼굴로 선생님의 뒷모습을 멍하니 바라보았다.

웅성거리는 운동장에서 몇몇 여학생들이 차오커를 부축하여 보건실로 가는 모습이 보였다. 잠시 후, 운동장 한복판에는 펑 혼자 덩그러니 서 있었다. 마치 사막 위에 홀로 선 메마른 나무 같았다. 바싹 말라 도저히 싹을 틔울 수 있을 것 같지 않은 나무……

담임 선생님은 가슴 한구석이 저릿해 오는 것을 느꼈다. 펑이 문득 선생님을 발견하고 뒤돌아봤을 때, 선생님은 펑의 얼굴에도 손으로 할퀸 핏자국이 한 줄 나 있는 것을 보았다.

"알고 있다."

선생님은 펑의 얼굴에 난 생채기를 보지 않으려고 애쓰며 말했다.

"이렇게까지 심하게 싸울 생각은 없었겠지. 모든 게 네 잘못이 아니라는 거 안다. 손뼉도 마주 쳐야 소리가 나는 법이니까. 한창 크는 아이들, 특히 남학생들은 감정을 잘 절제하지 못해 머리보다 주먹이 나가기 십상이지. 쉽게 흥분해서 일부터 저지르고, 흥미로운 일에 우르르 몰리고……."

"선생님, 지금 무슨 말씀하시는 거예요?"

펑이 어리둥절한 얼굴로 물었다.

"그러니까…… 아무래도 선생님이…… 큰 잘못을 한 것 같구나."

"선생님이요? 선생님이 잘못하신 게 있으시다고요?"

"아주 큰 잘못을 저지른 것 같아."

"얼마나 큰 잘못인데요?"

펑은 기분이 좀 나아지는 것 같았다.

선생님은 비유가 될 만한 것이 없나 하고 주위를 둘러보았다.

펑이 두 팔을 수박 크기만큼 벌리며 물었다.

"이만큼이요?"

선생님은 탄식하듯 말했다.

"그 정도만 되어도 좋겠구나."

"이것보다 커요?"

"운동장에 그려진 이백 미터 트랙 보이지? 그 정도로 큰 잘못을 저질렀어."

"선생님 말씀대로라면, 선생님이 저보다 더 나쁜 사람인데요!"

선생님은 순간 멈칫했다가 이내 고개를 끄덕였다.

"아마도."

"선생님도 이렇게 큰 잘못을 저질러 놓고 제가 잘못하면 혼낼 수 있으시겠어요?"

"네가 선생님을 혼내도 된다."

"에이, 제가 어떻게요?"

"선생님이 허락할게."

"전 못 해요."

"펑, 앞으로 선생님과 좀 더 친구처럼 지낼 수 있을까?"

"안 될 건 없지만……. 선생님이랑 금방 친해지기는…… 좀 어려울 것 같아요."

"그래, 천천히 해 보자."

"선생님, 근데 왜 땅바닥에 주저앉아 계세요?"

"좀 피곤해서……."

"제가 뭐 도와드릴 거 없어요?"

이 말에 선생님은 귀가 번쩍 뜨였다.

"물론 있지."

"뭔데요?"

"좋은 일을 하면 돼. 어떤 일이라도 괜찮아. 많이 하면 많이 할수록 좋아."

"그게 선생님과 저를 돕는 일인가요?"

펑이 진지한 얼굴로 물었다.

"그래."

"이것도 제게 일어난 알 수 없는 일들 때문이에요? 아니면 우리가 친해지기 위해서예요?"

"둘 다야."

펑은 환하게 웃었다.

"그럼 지금부터 시작할게요, 좋은 일 하는 거."

"지금 바로 시작해라."

"제가 가장 먼저 할 좋은 일은 지금 선생님을 땅에서 일으켜 드리는 거예요."

이렇게 말하고 펑은 선생님에게 한 손을 내밀었다. 선생님도 얼른 두 손으로 펑의 손을 잡고 일어났다. 단 몇 초의 짧은 시간 동안 펑은 어디선가 시원한 바람이 불어와 얼굴에 닿는 것을 느꼈다. 펑은 바람에 얼굴을 내맡기며 상쾌함을 느꼈다.

"선생님, 바람이 부니까 시원하네요."

"바람이라니? 날씨가 이렇게 더운데."

"지금 막 시원한 바람이 불었잖아요."

"그래?"

선생님도 펑의 말대로 정말 바람이 부나 잠시 서 있어 보았지만 시원한 기운은 조금도 느껴지지 않았다. 이마에 땀방울만 송골송골 맺힐 뿐이었다.

"어디서 시원한 바람이 분다는 거지?"

선생님을 일으켜 준 뒤 교실로 향하던 펑은 복도에서 4학년 여학생이 반 아이들의 공책을 한가득 들고 걸어오는 것을 보았다. 오는 도중에 공책 몇 권이 바닥에 떨어졌다.

"내가 들어 줄게, 넌 떨어진 공책이나 주워."

여학생은 펑에게 고맙다고 했다.

한 팔 가득 무거운 공책을 들어 주면서 펑은 어쩐지 기분이 좋았다. 펑 뒤에서 여학생이 물었다.

"오빠 5학년 펑 맞지?"

"내가 그렇게 유명한 사람인가? 어떻게 알았어?"

"오빠 유명해……."

여학생은 잠시 주저하다가 한마디 덧붙였다.

"그렇지만 애들이 말하는 그런 사람은 아니네……."

"어떤 사람?"

"아냐, 말하기 좀 그래."

"그래, 그럼 말 안 해도 돼."

펑은 시원시원하게 대답하고 4학년 교무실 입구까지 와서 여학생에게 공책을 넘겨주고 돌아섰다. 펑은 교실로 향하며 중얼거렸다.

"여기 복도 되게 시원하네."

맞은편에서 윗옷이 땀으로 흠뻑 젖은 채 걸어오던 한 남학생이 말했다.

"야, 넌 화산 속에서 튀어나왔냐? 날이 이렇게 찜통 같은데 시원해?"

"왜? 난 정말 시원한데."

"괴물."

교실로 들어선 펑은 솜으로 양쪽 콧구멍을 틀어막고 있는 차오커를 보았다. 차오커도 펑이 들어오는 것을 발견하고 아직 분이 풀리지 않은 눈으로 펑을 노려보았다. 기억은 잘 안 나지만 분명 자신 때문에 차오커가 코에 솜을 틀어막고 있다고 짐작한 펑은 차오커에게 다가갔다.

"차오커, 네 코, 내가 때려서 그렇게 된 거면 사과할게. 미안해."

나직한 목소리였지만 차오커는 똑똑히 들을 수 있었다. 조금 떨어진 곳에 앉은 관리가 물었다.

"펑이 뭐래? 또 너한테 욕했어?"

차오커는 놀란 눈으로 펑에게 시선을 고정시킨 채 고개를 흔들었다. 자리에 앉으며 펑은 혼잣말로 중얼거렸다.

"아까보다 더 시원하네."

펑의 말에 반 아이들은 오히려 한층 더 더위를 느꼈다.

펑이 외쳤다.

"오늘 내가 청소 당번 할래! 오늘 반 청소는 내가 다 할게!"

"오늘 청소 당번 너 아니야. 오늘은 3조야. 넌 4조잖아."

관리가 대꾸했다.

"아무도 말리지 마. 나 지금 정말 청소하고 싶어."

관리는 미심쩍은 얼굴로 말했다.

"오늘 날씨 되게 덥대. 일기예보에서 낮 기온이 38도까지 올라간다고 했어."

"내가 방금 말했잖아. 난 안 더워. 아주 시원한데."

관리는 더 이상 대꾸하지 않고 교무실로 쌩하니 달려가 펑의 알수 없는 행동을 담임 선생님에게 일러바쳤다. 선생님은 관리의 이야기를 듣더니 이렇게 말했다.

"그럼 오늘은 펑 혼자 교실 청소를 하도록 맡겨 보자."

관리는 여전히 마음이 놓이지 않았다.

"펑 혼자서 교실 청소 같은 일은…… 못 하지 않을까요?"

"그럼 펑은 무슨 일을 할 수 있을까?"

관리는 입을 다물었다. 선생님은 관리가 무슨 말을 하고 싶은지 잘 알고 있었다.

"펑이 한다고 하니 그냥 맡겨 보자."

수업이 끝난 후 펑은 정말 혼자서 깨끗이 교실을 청소했다. 관리, 차오커를 비롯해 펑을 감시하던 몇몇 아이들은 예상이 빗나가자 할말을 잃었다.

청소를 마치고 집으로 돌아가면서 펑은 오늘 이 기분을 누군가에게 이야기하고 싶어 견딜 수가 없었다. 말하고 싶은 것을 참느라 입이 근질거리던 펑은 급기야 길에서 노래까지 불렀다.

집에 들어서자마자 펑은 기운 없이 늘어져 있는 나이트를 붙잡고 참았던 말을 쏟아 놓았다.

"오늘 나 완전히 날아갈 것 같아. 날씨도 시원하고 기분도 좋고……."

나이트는 고개를 들어 평을 힐끗 쳐다보고는 다시 엎드린 자세로 돌아갔다.

유일한 청중의 냉담한 반응에도 개의치 않고 평은 혼자 신이 나서 떠들어 대기 시작했다.

"내 얼굴에 핏자국 난 거 보여? 별것 아니야. 그냥 애들이랑 놀다가 그런 거야. 너, 오늘 내가 얼마나 좋은 일을 많이 했는지 알아? 눈 뜨고 나 좀 봐. 내가 얼마나 좋은 일을 많이 했냐면, 일일이 다 셀 수가 없어. 못 믿겠다고? 너 왜 그렇게 고개를 갸우뚱하고 날 봐? 귀 똑바로 세우고 잘 들어! 아니, 잘 들어 줘. 아냐, 아냐, 겨우 한쪽 귀만 세운 거냐? 다른 쪽 귀는 뭐하고 있어? 내 말 안 들려? 야, 야! 어디가? 또 발코니야? 안 돼. 절대 안 돼. 오늘 내가 어떤 좋은 일을 했는지 다 듣고, 또 속상했던 일도 얘기할 거니까 들어 봐."

그러나 나이트는 관심 없다는 듯 "뿡!" 하고 방귀를 뀌었다.

평은 화가 났다.

"집에 오자마자 물 한 모금 안 마시고 지금껏 얘기하고 있는데 그렇게 듣는 둥 마는 둥 하기야? 가만히 참아 주니까 이젠 방귀나 뀌어 대?"

나이트는 벌써 발코니에 엎드려 눈을 감고 있었다.

펑이 발코니 쪽을 바라보며 외쳤다.

"당장 이리 안 와!"

나이트는 들은 척도 하지 않고 늘어지게 기지개를 켰다. 펑은 달려가 그런 나이트를 한 대 차려고 발을 뻗었다. 그러나 어쩐 일인지 발은 나이트의 몸에 닿기도 전에 허공에서 멈추었다. 뜻밖에도 펑은 상냥한 목소리로 나이트에게 말했다.

"나이트, 뭐 먹고 싶은 거 있어?"

성장을 유예시킬 권리
2000년 여름

엄마가 한창 아침 식사를 준비하고 있는데 펑이 말했다.

"엄마, 저 오늘은 빵에 크림 발라 먹지 않을래요."

그러자 엄마는 냉장고에서 크림 대신 땅콩 잼을 꺼냈다. 펑이 다시
말했다.

"땅콩 잼은 어제 먹었잖아요."

순간 엄마의 눈이 휘둥그레졌다.

"네가 전날 무얼 먹었는지 말한 건 처음이네!"

나이트도 놀라 발코니 문틈으로 고개를 내밀고 펑을 유심히 바라
보았다. 두 눈에서 색색의 레이저가 뿜어져 나올 것만 같았다.

"그게 뭐 이상한 일이에요?"

펑의 반응에 엄마와 나이트는 더욱 놀라 서로 마주 보았다.

이 여름날 아침, 펑에게 무언가 심상치 않은 변화가 일어났음을 감지했다.

"엄마, 저 달걀 먹고 싶어요."

"뭐? 네가 제일 싫어하는 게 달걀이잖아. 달걀노른자만 봐도 웩웩대며 구역질하면서."

"오늘은 먹고 싶어요."

"알았어. 해 줄게. 어떻게 해 줄까? 프라이를 해 줄까, 아니면 달걀찜을 해 줄까?"

"어떤 게 더 만들기 편해요?"

"삶는 게 가장 편하긴 하지."

"그럼 삶은 달걀 먹을래요."

"몇 개?"

"우선 네 개요."

"다 먹을 수 있겠어?"

"삶기도 전에 다 못 먹을 것처럼 왜 그러세요?"

"우리 펑이 누구보다 똑똑해지려고 작정한 모양이네."

펑은 정말 삶은 달걀 네 개를 다 먹었다. 펑이 맛있게 달걀을 먹는 동안 엄마는 옆에 앉아 대견한 눈빛으로 펑의 먹는 모습을 지켜보았다. 나이트도 가만히 있지 않고 펑이 벗겨 놓은 달걀 껍데기를 아작아작 씹어 댔다. 그러나 삼키지는 않고 씹어서 부스러기가 되면 뱉고다시 다른 것을 씹어 댔다. 마치 펑이 달걀 먹는 소리에 맞춰 반주를

해 주는 것 같았다.

엄마는 자꾸만 마음이 놓이지 않는지 안절부절못했다. 식사를 마친 펑이 책가방을 메고 학교에 갈 준비를 하는데, 그 뒤를 졸졸 따라다니며 엄마가 물었다.

"펑, 펑, 토하고 싶어? 토할 것 같아? 유산균 약 좀 챙겨 줄까? 가다가 속이 안 좋은 것 같으면 먹게, 응?"

"엄마, 저 속 괜찮아요."

그래도 엄마는 마음이 놓이지 않았다.

"정말 괜찮아?"

"제가 토하는 모습이 그렇게 보고 싶으시면 지금 토해서 보여 드릴게요."

펑은 엄마 앞에서 토하려는 시늉을 해 보였다. 그제야 엄마는 손을 내저으며 말했다.

"됐어. 그러지 마. 그러다 정말 토하겠다."

그런데 이번에는 나이트가 갑자기 켁켁거리기 시작했다.

"너 달걀 껍데기가 목에 걸렸구나. 옆에서 같이 씹어 대더니……. 괜찮아?"

나이트는 눈물까지 흘리며 기침을 해 댔다.

펑은 엄마를 향해 말했다.

"저 지금 나가야 돼요. 엄마가 저 대신 나이트 밥그릇에 식초 좀 따라 주세요. 식초가 딱딱한 것을 녹인대요."

"우리 아들 다 컸네. 이렇게 누굴 배려할 줄도 알고. 얼른 학교 가. 엄마가 나이트한테 식초 먹일게."

그 순간, 나이트가 기침을 뚝 멈췄다.

문을 나서며 펑이 한 마디 덧붙였다.

"오늘은 어쩐지 뭔가 큰일이 벌어질 것 같은 느낌이에요."

엄마는 주방에서 식초를 찾느라 이 말을 듣지 못했다. 하지만 나이트는 똑똑히 들었다. 펑이 문밖으로 나가자 나이트는 발코니로 달려가 고개를 빼들고 큰 소리로 짖기 시작했다. 마치 노래를 부르는 듯한 미묘하고도 복잡한 음색이었다. 펑은 문밖에서 잠시 그 소리를 듣다가 시계를 보고 서둘러 학교로 달려갔다.

골목을 몇 개 지나도록 나이트의 짖는 소리가 아련히 들려왔다. 펑의 귀에는 마치 노랫소리 같았다. 어쩐지 구슬픈 느낌의 노래였다.

'왜지? 집에만 있으면서 먹은 싶은 대로 먹고 자고 싶은 대로 자는 녀석이 뭐가 그리 슬프다고.'

펑은 잠시 의아한 생각이 들었다.

1교시는 담임 선생님의 국어 수업이었다. 수업이 오 분 정도 남았을 때 담임 선생님이 갑자기 펑에게 물었다.

"펑, 지난주에 본 국어 시험 기억나니?"

선생님의 말이 떨어지기 무섭게 펑이 대답했다.

"당연히 기억나죠."

"그럼 그때 너 무슨 점수 받았는지 말해 볼래?"

펑이 자신 있게 대답했다.

"D요!"

펑의 대답에 담임 선생님은 조금도 화를 내지 않았다. 오히려 안도하는 듯한 얼굴이었다.

"수업 끝나고 교무실로 좀 와 줄래?"

반 아이들 모두가 들었다. 담임 선생님이 펑에게 "……와 줄래?"라고 부드럽게 말하는 것을.

교실 전체에 놀라우면서도 어색한 분위기가 감돌았다.

그뿐만이 아니었다. 이번에는 담임 선생님이 반 남학생들에게 뜻밖의 제안을 했다.

"오후에 우리 반 남학생들, 선생님이랑 축구하자."

관리가 자리에서 소곤거렸다.

"오늘 선생님 기분이 되게 좋으신가 봐."

펑이 그 말을 듣고 관리를 돌아보며 말했다.

"나도 오늘 진짜 기분 좋아."

"네 얘기한 거 아니거든."

관리는 눈을 흘기며 톡 쏘아붙였다.

"내 얘기한 거 아니어도 난 기분 좋아."

"왕짜증."

"내가 좀 짜증나는 구석이 있긴 하지. 그래도 오늘은 내가 관리 너한테 뭔가 해 줄 생각이야. 내가 뭐 도와줄 거 없어? 있으면 얘기해."

관리의 얼굴이 붉으락푸르락 변했다. 전에 없이 유들유들한 평의 반응에 약이 오른 표정이었다. 평은 한술 더 떴다.

"관리, 너 음악 방송 같은 거 좋아하냐? 내가 오늘 저녁에 네가 좋아하는 노래 한 곡 신청해 줄까?"

"진짜 짜증나니까 그만해라."

관리가 퉁명스럽게 대꾸했다.

수업을 마치고 평은 교무실로 갔다. 담임 선생님의 얼굴은 평소 때와 같이 딱딱하게 굳어 있었다. 교실에서와는 사뭇 다른 모습에 평은 조금 불안해졌다. 선생님은 애써 편안한 표정을 지으려고 했지만 평은 그게 더 불안했다.

선생님은 한참 동안 말이 없었다. 마침내 선생님 얼굴에 한 줄기 미소가 떠오르더니 입을 열었다.

"평, 너 체육 시간에 무슨 시험 봤는지 기억나니?"

"줄넘기 시험이요."

선생님의 두 눈이 빛났다.

"넌 일 분 동안 몇 번 했니?"

"110번이요."

"확실해?"

"네, 틀림없어요."

선생님은 책상 서랍을 열어 그 안에 있는 체육 시험 점수표를 재빨리 확인했다. 정말 평의 이름 뒤에 '110'이라는 숫자가 적혀 있었다.

선생님은 흥분한 얼굴로 급히 서랍을 닫고 일어섰다.

"지금 바로 선생님이랑 같이 가자."

"어디를요?"

"네가 전에 가 봤던 데야."

"거기가 어딘데요?"

"가 보면 알아."

펑은 일어나 선생님의 뒤를 따랐다. 펑 역시도 왠지 모르게 들뜨고 흥분되었다.

선생님은 펑을 데리고 교문을 나와 왼쪽으로 꺾더니 회색 시멘트 포장도로를 따라 걸었다. 다시 왼쪽으로 돌자 백양나무가 빽빽이 늘어선 길이 나왔다. 차도 다닐 수 없을 만큼 좁은 길이 기다란 뱀처럼 백양나무 숲 깊숙이 이어져 있었다.

펑은 이따금씩 한기를 느꼈다.

선생님은 계속해서 같은 자세로 앞서 걸었다. 왼손은 주머니에 찔러 넣고 오른손은 나무 막대기처럼 오른쪽 다리 위에서 뻣뻣하게 흔들리고 있었다. 그 모습이 너무 부자연스러워 혹시 의수가 아닐까 하는 생각이 들 정도였다. 선생님의 뒤를 따라 걸으면서 펑은 이 길이 영원히 끝나지 않을 것만 같은 느낌이 들었다.

앞서 걷던 선생님이 문득 펑을 돌아보았다. 선생님의 얼굴은 몹시 창백했다. 나무 그늘이 짙어서 그런 모양이라고 펑은 생각했다.

"아직 멀었어요?"

"여기서 왼쪽으로 돌면 금방이야."

"왼쪽으로 돌기만 하면 돼요?"

"그래, 왼쪽으로."

펑은 선생님을 따라 왼쪽으로 돌고, 돌고, 또 돌았다. 갑자기 오른발이 따끔거렸다. 내려다보니 언제 벗겨졌는지 오른쪽 샌들 한 짝이 보이지 않았다.

"선생님, 저……."

막 신발 이야기를 꺼내려던 펑은 주머니에 찔러 넣고 있던 선생님의 왼손이 나와 있는 것을 발견했다. 선생님은 왼쪽 손가락으로 어느 짙은 회색 건물을 가리켰다. 건물은 한눈에도 매우 견고해 보였다.

"다 왔다."

이 말에 펑은 방금 하려던 말을 잊고 그 건물을 바라보았다. 확실히 전에 본 적이 있는 건물이었다. 오래된 건물에서 풍겨 나오는 괴괴한 분위기도 생각났다. 선생님과 펑이 건물의 철문 앞에 섰을 때, 숲속에서 이름 모를 새 소리가 들려왔다.

선생님은 펑이 처음 보는 기다란 열쇠를 꺼내 철문을 열었다. 철문도, 선생님의 왼손에 들린 열쇠도 모두 오래된 듯 녹이 슬어 있었다. 선생님이 열쇠를 넣고 돌리자 열쇠 구멍에서 검은색 녹 가루가 떨어졌다. 손으로 밀자 철문은 끼이익 긴 신음 소리를 내며 열렸다. 마치 아주 오랜 시간 잠들어 있던 짐승이 두 사람의 갑작스런 방문에 잠을 깨 울부짖는 소리 같았다.

펑은 따끔거리는 오른발을 왼쪽 발등에 얹고 비비며 물었다.

"선생님, 여긴 사람이 없어요?"

"선생님이 있잖니."

선생님은 이렇게 말하고 먼저 안으로 들어갔다. 펑은 잠시 머뭇거리다가 이내 선생님을 따라 발걸음을 옮겼다. 문 안으로 들어서면서 펑은 이번에도 무언가에 부딪히지 않을까 걱정이 되었다. 펑의 기억이 되살아나고 있는 것이었다. 실낱 같던 펑의 기억력이 뇌 속에서 꿈틀거리고 회전하며 살아 숨쉬기 시작했다!

펑은 생각했다. 이제 우리는 지하실로 가겠지. 아니나 다를까, 펑의 기억대로 선생님은 펑을 이끌고 지하실로 향하고 있었다. 아니, 펑의 기억에 이끌려 가고 있다고 하는 편이 더 맞았다.

지하로 내려갈수록 점점 더 싸늘한 기운이 감돌았다. 펑의 뇌세포가 또다시 활발히 움직이며 이제 긴 복도가 나올 것임을 일깨워 주었다. 아득한 기억 저편에서 그 예사롭지 않은 복도는 아주 오래전부터 펑을 기다리고 있었던 것 같았다. 복도 외에도 또 다른…… 무언가가 펑을 기다리고 있었다.

앞서가던 선생님이 뒤를 한번 돌아보며 말했다.

"잘 따라와라."

그 말에 펑은 발걸음을 재촉했다. 그런데 복도 벽에 걸린 인물 사진들이 펑의 발걸음을 붙잡았다. 그중에서도 복도를 거의 다 지날 무렵, 어디선가 본 듯한 사람의 사진에 펑의 두 눈이 고정되었다.

유일한 여자 사진……. 펑은 그 앞에서 걸음을 멈췄다.

가까이 다가가 보니 놀랍게도 그것은 사진이 아니라 그림이었다. 살아 있는 듯한 여자의 그림은 몽환적인 느낌마저 들게 했다.

그리고 한순간, 벽에 걸린 여자 그림을 보며 펑은 불현듯 현실 속의 누군가를 떠올렸다. 전에도 분명 이와 똑같은 순간이 있었다. 다만 그때는 기억이 완전히 되살아났을 때가 아니었을 뿐……. 여자 그림 아래 걸린 젊은 남자의 그림도 펑의 시선을 끌었다.

펑이 한참 넋을 놓고 그림들을 보고 있는 사이, 복도 끝에서 '끼익' 하고 문을 여는 소리가 들려왔다.

"펑, 여기 너에게 보여 줄 더 중요한 것이 있다. 얼른 와라."

선생님의 목소리가 거대한 스피커처럼 긴 복도에 울려 퍼지며 펑의 고막을 때렸다.

펑은 벽에 걸린 여자의 그림을 가리키며 물었다.

"이 사람은 누구예요? 지금 어디 있어요?"

"미안하다. 선생님도 지금은 그 사람을 찾을 수가 없어."

펑은 선생님의 대답에 이상하게 불길한 예감이 들었다. 이 예감이 어떤 것인지 생각해 볼 겨를도 없이 선생님은 다시 펑을 재촉했다.

"너 신발 한 짝은 어디 갔니?"

"잃어버렸어요."

"신발은 나중에 찾고, 우선 들어와라."

펑은 작고 아담한 방 안으로 들어갔다.

"제 기억에 여기엔 의자가 일곱 개 있어요."

"그래, 너 여기 와 본 적 있지?"

담임 선생님의 물음에 펑은 확고한 어조로 대답했다.

"네, 와 봤어요."

"여기서 열 살 된 아이에 관한 영상도 봤고."

"네, 맞아요."

"영상 속 그 아이의 이름이 뭐였더라?"

"음…… 저요."

펑은 자신도 모르게 의자에 털썩 주저앉았다.

"영상 속에서 네가 무슨 짓을 했는지도 기억나니?"

"나쁜 짓을 수없이 많이 했어요."

"이젠 다 기억이 나?"

"기억나요."

"다행이다."

"뭐가 다행이에요?"

"이제야 한 줄기 희망이 보이는구나."

"네? 무슨 희망이요?"

"곧 알게 될 거야."

선생님은 큰 캐비닛이 있는 쪽으로 걸어갔다. 펑도 따라가고 싶었
지만 두 다리에 힘이 풀려 일어설 수가 없었다.

그저 긴장된 마음을 누르고 선생님을 지켜보는 수밖에 없었다. 선

생님은 주머니에서 검은 카드 한 장을 꺼내 캐비닛을 열었다. 선생님이 천천히 캐비닛 문을 열자 놀랍게도 그 안에서 음악이 흘러나왔다. 숨이 막힐 듯한 무거운 음악이었다. 마치 금속 날개를 지닌 괴상한 새가 활개 치며 온 방을 돌아다니는 소리 같았다. 펑은 머리끝이 쭈뼛 섰다.

선생님은 캐비닛에서 울리는 음악이 멈추기를 기다렸다가 두 손을 캐비닛 안에 집어넣었다. 펑은 선생님이 그 안에 있는 검은색 철 서류함을 꺼내려 한다는 것을 알아차렸다. 그러나 서류함은 한 사람이 들기에는 꽤 무거워 보였다.

"펑, 이리 와서 선생님 좀 도와주겠니?"

펑은 선생님에게로 다가갔다.

"이게 뭐예요?"

"네 서류야."

"학교 모든 학생들의 서류가 다 이 안에 있나요?"

"아니, 너, 한 사람에 관한 서류야."

"저, 한 사람이요?"

"그래, 이건 너에 대한 특별 서류란다."

두 사람은 힘을 합쳐 간신히 서류함을 꺼냈다. 선생님은 그것을 꺼내 놓고도 열지 않고 가만히 바라보기만 했다. 답답해진 펑이 선생님을 재촉했다.

"선생님, 왜 가만히 계세요? 얼른 열어 봐요."

뜻밖에도 선생님은 이렇게 대답했다.

"열쇠가 없어."

"네? 열쇠가 없다고요?"

"선생님은 바깥 철문 열쇠밖에 안 가지고 있어. 서류함 열쇠는 다른 사람이 보관하고 있단다."

"그 사람이 누군데요?"

"나도 모르는 사람이야."

"열 수 있는 다른 방법은 없어요?"

"부수는 수밖에."

"뭘로 부숴요?"

선생님은 대답 대신 허리춤에서 쇠망치를 빼어 들었다.

"처음부터 부술 생각을 하고 오신 거예요?"

선생님은 대꾸도 없이 망치를 높이 들어 서류함을 내리치기 시작했다. 마치 그 서류함에 지독한 원한이라도 맺힌 것처럼 힘껏 몇 번을 내리치자 마침내 자물쇠가 깨지며 덮개가 열렸다.

펑은 얼른 서류함 안을 들여다보았다. 그 안에는 달랑 검은 카드 한 장이 들어 있었다.

"저 알아요. 카드에 적힌 글자 어떻게 읽는지 알아요."

선생님은 망치질을 하느라 기운이 다 빠져 바닥에 주저앉아 있었다. 손도 가늘게 떨리고 있었다. 선생님은 떨리는 손가락으로 그 검은 카드를 가리키며 말했다.

"펑, 한 자 한 자 천천히 읽어야 한다. 교과서보다도 더 집중해서, 한 줄도 빠짐없이 읽어야 돼."

카드를 집으려는 펑의 손도 가늘게 떨려 왔다. 아니, 선생님의 손보다 더 심하게 떨리고 있었다. 카드에 손을 가져가자 검은 카드가 펑의 손에 찰싹 달라붙었다. 펑은 카드를 적당한 눈높이로 들어 올리고 3차원 입체 그림을 보는 방식으로 카드에 초점을 맞췄다. 첫 줄을 읽자마자 온몸이 와들와들 떨려오기 시작했다.

카드에는 다음과 같은 내용이 또렷이 쓰여 있었다.

펑에 대한 특별 법원의 판결문

(1992년 6월 제1호 안(案))

펑, 남자, 1982년생, 올해 만 10세.
본 학생은 특별 법원에서 수년간 집중적으로 추적 관찰한 대상이다. 본 학생의 행위는 경악할 만한 수준이다. 수년간 저지른 잘못과 나쁜 짓이 100여 차례에 이르고, 좋은 일을 한 적은 단 한 차례도 없다. 이에 특별 법원 7인의 재판관은 전원 아래와 같은 판결을 내린다.

1. 본 학생의 올바른 성장을 위해, 더불어 본 학생이 이

대로 성장하여 사회에 나갈 경우 사회에 해를 끼칠 우려가 있으므로 본 학생은 8년을 유보한다.

2. 다른 학생들의 올바른 성장을 위해, 더불어 많은 학생들이 본 학생의 영향을 받지 않도록 본 학생의 정신과 육체의 연령은 매해 신입생들과 동일하게 맞춘다.

3. 그 수많은 잘못과 이에 따른 과도한 심리적 압박을 고려하여 본 학생의 기억력을 부분적으로 제한한다.

나이트, 개, 수컷, 털이 바닥에 끌리는 길이의 장모견.

키: 55cm

체중: 32kg

별명: 긴 털 나이트

펑의 가정에 들어온 이후 펑과 함께 거의 매일 나쁜 짓을 일삼으며 주인이 저지른 모든 잘못에 동참했다. 연대책임으로 특별 법원 7인의 재판관 전원은 나이트에 대해 아래와 같은 판결을 내린다.

1. 키는 20cm, 털 길이는 약 2cm의 단모, 체중은 5kg으로 변형시킨다.

2. 개는 인간과 언어로 소통할 수 없으므로 기억력은 유지시킨다.

본 판결문은 즉일 효력을 발생한다. 개정 시에는 반드시 특별 법원 7인 중 다수(4인 이상)의 동의를 거쳐야 개정이 효력을 발생할 수 있다.

(특별 비고: 특별 법원의 기밀 보장을 위해 법원의 7인은 특수한 방법을 통해 개별적으로 연락을 주고받는다.)

특별 법원 7인 서명
1992년 6월

펑은 눈 한 번 깜박이지 않고 카드에 적힌 내용을 연속해서 열 번을 읽었다. 머리카락이 한 올 한 올 쭈뼛 서는 느낌이었다. 검은 카드가 자동으로 손에서 사라질 때에야 펑은 선생님처럼 바닥에 주저앉아 있는 자신을 발견했다.

"그럼 전 올해 열여덟 살인 거네요. 맞아요?"

펑의 입에서 나온 첫 마디였다.

선생님은 고개를 끄덕였다.

"지금 집에 있는 나이트는 바로 예전에 기르던 그 긴 털 나이트인 거고요?"

선생님은 다시 고개를 끄덕였다.

그리고 다음 순간…… 펑은 울음을 터뜨렸다. 선생님은 펑이 실컷

울도록 내버려 두었다. 무어라 위로할 방법이 없었다. 선생님 자신도 울고 싶은 심정이었다.

지칠 때까지 울고 또 운 펑은 부어서 빨개진 눈으로 또 물었다.

"저, 이제 어떻게 해야 돼요?"

선생님은 잠시도 망설이지 않고 대답했다.

"좋은 일을 계속해야 돼. 그렇지 않으면 이제 겨우 회복된 네 기억력이 또다시 사라지고 말 거야."

펑은 다시 울음을 터뜨렸다.

"지금 울고 있을 시간이 없어. 어서 가서 좋은 일을 해야지."

"선생님, 저 도와주셔야 돼요. 저랑 나이트가 정상적인 생활로 돌아올 수 있도록, 저랑 나이트 모두 본래 모습을 되찾을 수 있도록 도와주셔야 돼요."

담임 선생님은 일어나 펑에게 손을 내밀었다.

"우리 당장 시작하자."

펑은 회색 건물을 나오자마자 달렸다. 신발 한 짝을 잃어 한쪽이 맨발인 채로, 어서 빨리 좋은 일을 해야 된다는 생각에 정신없이 뛰었다. 이제 다시는 기억을 잃고 싶지 않았다.

선생님은 절뚝거리며 달려가는 펑의 뒷모습을 바라보았다. 그러다 문득 돌아서서 땅바닥의 돌을 집어 들고는 뭐라고 욕설을 퍼부으며 잔뜩 녹이 슨 그 거대한 철문을 향해 힘껏 던졌다.

기억을 찾는 방법
2000년 여름

큰길에서 펑은 잠시도 한눈을 팔지 않고 도움이 필요한 사람이 없나 열심히 주위를 둘러보았다. 이렇게 애타게 도와줄 사람을 찾아보기는 생전 처음이었다. 과일 도매시장을 지나면서 펑은 수박을 가득실은 차 한 대를 보았다. 차 주인은 수박들을 바닥으로 옮기고 있었다. 펑은 기회를 놓치지 않고 달려가 그 일을 거들었다.

그런데 막 커다란 수박 한 통을 들고 옮기려는 찰나, 누군가가 펑의 머리를 툭 쳤다.

뒤돌아보니 웬 건장한 체구의 남자가 온몸에서 땀 냄새를 풍기며 서 있었다. 남자는 또 한 번 펑의 머리를 툭 치며 말했다.

"꼬마야, 용돈 떨어졌냐? 어린 녀석이 아저씨들 밥줄을 가로채?"

"돈 때문에 하는 게 아니에요."

그러나 남자는 한쪽 신발밖에 안 신고 있는 펑을 보고 대꾸했다.

"허허, 어린 녀석이 꽤나 허세를 부릴 줄 아네."

"전 그냥 좋은 일을 하려는 거예요."

펑의 말에 남자는 웃음을 터뜨렸다.

"신발이나 두 짝 다 챙겨 신고 좋은 일을 하지 그러니!"

펑은 땀 냄새가 진동하는 그 남자와 계속 이런 이야기를 주고받을 틈이 없다고 생각하고 다시 돌아서서 수박을 들었다. 펑의 머릿속에는 오로지 하나라도 더 좋은 일을 해야 한다는 생각뿐이었다.

그러나 다음 순간, 이번에는 머리가 아닌 엉덩이에서 눈물이 쏙 빠질 만큼 통증이 느껴졌다. 엉덩이를 한 대 호되게 걷어차인 것이다.

남자가 눈을 부라리며 고함을 쳤다.

"당장 저리 꺼지지 못해!"

펑은 아프기도 하고 창피한 마음에 절로 눈물이 나오려는 것을 간신히 참으며 말했다.

"그럼 하나만 더 옮기면 안 돼요?"

남자는 펑의 눈가가 붉어진 것을 보고 조금 안쓰러웠는지 눈을 부라린 채로 퉁명스럽게 말했다.

"그럼 딱 하나만 옮겨!"

펑은 얼른 차에서 큰 수박 한 통을 들어 바닥에 내려놓았다. 그리고 조용히 그 자리를 떠났다. 뒤늦게 남자가 "어이, 꼬마야!" 하고 불렀지만 펑은 이미 저만큼 멀어진 뒤였다. 남자의 손에는 펑에게 주려던 이 위안이 들려 있었다.

비탈진 고갯길에서 펑은 아이스크림을 파는 한 할머니가 수레를 끌고 힘겹게 길을 오르는 것을 보았다. 펑은 재빨리 달려가 할머니를 도와 수레를 끌었다. 고갯길을 다 오르자 할머니가 펑에게 아이스크림 한 개를 내밀었다. 펑은 받지 않았다.

"제가 이 아이스크림을 받으면 대가를 받은 것이니 좋은 일을 한 게 아니거든요."

할머니는 잘못 들었나 하고 어리둥절한 표정을 지었다.

펑은 할머니를 도운 뒤 집으로 달렸다. 뜨거운 햇볕에 달구어진 길바닥은 맨발로는 도저히 더 걸을 수가 없었다. 얼른 집에 가서 신발을 바꿔 신어야 했다. 뿐만 아니라 나이트도 보고 싶었다.

지금 펑에게 절실한 것은 시간이었다. 시간이 등 뒤에서 거센 파도처럼 몰아쳐 오고 있었다. 펑은 죽을힘을 다해 달렸다.

집 안으로 들어서자마자 펑은 큰 소리로 나이트를 불렀다.

"나이트! 나이트! 나이트!"

통기창 아래에 나이트의 모습이 보였다. 그곳은 여름에도 약간이나마 바람이 불어 나이트가 낮에 마음 놓고 드러누울 수 있는 유일한 공간이었다. 나이트는 펑의 목소리가 평소 때와 다르다는 것을 대번에 알아채고 고개를 번쩍 들었다.

펑은 거의 달려들다시피 나이트에게로 다가갔다. 나이트를 보는 순간 감정이 북받쳐 나이트를 두 손으로 번쩍 들어 올리며 말했다.

"나이트, 이제 모든 걸 알았어. 네가 바로 예전의 우리 긴 털 나이트지?"

나이트의 눈에 눈물이 맺히면서 그대로 펑의 얼굴에 떨어졌다.

펑은 나이트를 내려놓고 말했다.

"우리 이야기는 시간을 갖고 더 많이 얘기하자. 지금은 시간이 없어. 엄마에게 전화해서 빨리 집으로 오시라고 해야겠어. 엄마에게도 말씀드려야 돼."

펑이 엄마에게 전화를 거는 동안 나이트는 펑의 발밑에 엎드려 살갗이 벗겨진 펑의 한쪽 발을 부드럽게 핥아 주었다.

"엄마, 얼른 집에 오세요. 저 엄마에게 말씀드릴 일이 있어요. 아주 중요한 일이에요."

"또 무슨 중요한 일이 있다고 그래? 지금 엄마 바빠서 나올 수가 없어. 저녁에 엄마 퇴근하면 그때 얘기해, 응?"

"안 돼요. 정말 엄청난 일이에요."

"엄마 지금 못 가. 먼저 전화 끊는다."

펑은 다급히 외쳤다.

"집에 불이 났다고요!"

그러고는 얼른 전화를 끊었다. 펑은 미소를 지으며 나이트에게 말했다.

"아마 택시 타고 총알같이 달려오실 거야."

잠시 숨을 돌리고 집을 둘러보니 오늘따라 먼지가 많아 보였다.

"그래, 집에서도 좋은 일을 해야지. 당장 바닥이랑 식탁을 좀 닦아야겠어."

엄마는 십오 분도 안 되어 헐레벌떡 집으로 들어왔다. 불이 나기는 커녕 집 안은 먼지 하나 없이 깨끗이 정돈되어 있었다. 펑은 자신의 반바지와 윗옷을 빨아 발코니에 널고 있었고, 나이트는 거실에서 꼬리를 흔들며 엄마를 맞이했다.

"이게 어떻게 된 일이야? 대체 무슨 일이냐고?"

펑은 손에 물기를 털며 엄마를 향해 달려왔다.

"엄마, 오셨어요?"

"집에 불이 났다는데 어떻게 안 와?"

"엄마, 말씀드릴 일이 있어요. 듣고 놀라지 마세요."

"무슨 일인데? 어서 말해 봐."

펑은 침착하게 입을 열었다.

"첫째, 전 올해 열여덟 살이에요."

순간, 엄마의 손에서 핸드백이 툭 떨어졌다.

"보세요, 엄마. 놀라지 마시라니까요."

엄마의 얼굴은 이미 하얗게 질려 있었다.

"그리고…… 그리고 또?"

"둘째, 전 그동안 기억을 부분적으로 잃은 채 지냈어요. 이제 기억을 회복하려고 노력 중이에요. 그리고 천천히 회복되고 있고요."

엄마는 비틀거리며 의자를 가리켰다.

"의자 좀 갖다 주렴……. 좀 앉아야겠다."

펑은 서둘러 의자를 가져와 엄마를 부축해 앉혔다.

"셋째, 저 오늘 특별 법원의 판결문을 봤어요."

엄마의 몸이 부들부들 떨리고 있었다.

"엄마 물 좀 다오……."

펑은 엄마가 물을 마시고 진정되기를 기다렸다가 말을 이었다.

"넷째, 특별 법원에서 저에게……."

"그만해! 너 대낮부터 그게 무슨 헛소리야!"

펑의 말이 채 끝나기도 전에 엄마는 귀청이 떨어질 듯 외쳤다.

"엄마, 저도 처음에는 믿을 수가 없었어요. 하지만 제 눈으로 직접 본걸요. 도저히 믿기지 않는 일이었지만 직접 보니 믿지 않을 수가 없었어요."

엄마는 손을 뻗어 펑의 깡마른 어깨를 붙잡았다.

"펑, 너 지금 몸 상태가 많이 안 좋은 것 같아. 아무래도 더위를 먹은 모양이다. 날씨가 너무 더워서 머리가 어지럽고 환각이 보이는 거야. 그래서 계속 헛소리를 하고 있는 거야. 엄마가 약 좀 찾아볼게. 약을 먹으면 괜찮아질 거야. 그래, 지금 당장 찾아봐야겠다. 어디 안정제가 있을 텐데. 내가 신경이 예민해져서 잠을 못 잘 때 한 알 먹으면 금방 좋아졌어. 넌 어리니까 반 알이면 충분할 거야."

"저 아무 약도 안 먹을래요."

"안 돼. 넌 지금 꼭 먹어야 돼."

엄마는 비틀비틀 일어나 약을 찾으러 자신의 방으로 갔다.

펑은 나이트를 향해 물었다.

"왜 약을 먹어야 되지? 내가 어디 아파 보여?"

나이트가 숨 가쁘게 꾸르륵 소리를 냈다. 허둥지둥 방에서 나온 엄마의 손에는 흰 알약 한 알이 들려 있었다.

"엄마, 저 약 먹기 싫어요."

"말 들어. 착하지, 우리 아들."

펑은 고개를 흔들었다.

"이걸 먹어야 이상한 소리를 안 하게 돼. 환각 증상도 사라질 거고."

펑은 격렬하게 고개를 흔들었다.

"엄마 말 들어!"

"안 먹을래요!"

"엄마 화나게 할래!"

펑은 어떻게 해야 좋을지 몰라 나이트를 돌아보았다. 그때까지 한쪽 구석에서 지켜보고만 있던 나이트는 주인의 구조 요청에 짤막한 털을 한번 부르르 떨더니 몸을 솟구쳐 뛰어올랐다. 그리고 엄마의 손에 있던 알약을 눈 깜짝할 사이에 바닥으로 떨어뜨렸다. 두 사람이 놀라 멍해진 사이, 나이트는 재빨리 그 약을 삼켜 버렸다.

엄마가 달려와 나이트의 입을 벌려 보았지만 약은 이미 목구멍 깊숙이 넘어간 뒤였다.

"세상에, 살다 살다 개가 사람 약을 뺏어 먹는 건 또 처음 보네."

"엄마 왜 자꾸 저에게 약을 먹이려는 거예요?"

"먹기 싫으면 관둬. 대신 앞으로 다시는 그런 이상한 생각하지 마. 얼른 들어가서 숙제나 해."

"엄마, 엄마가 믿든 안 믿든 제가 방금 얘기한 건 다 사실이에요."

"얼른 들어가서 숙제하라니까!"

엄마는 신경질적으로 빽 소리를 질렀다. 평소와는 전혀 다른 모습이었다.

"엄마, 왜 그러세요?"

평이 놀라 물었다. 엄마도 자신이 지나치게 예민하게 반응하고 있다는 걸 느끼고는 혼잣말로 중얼거렸다.

"나부터 안정제를 좀 먹어야겠다."

한편 나이트의 뱃속으로 들어간 안정제의 약효가 서서히 나타나기 시작했다. 나이트는 사지에 힘이 풀려 바닥에 스르르 엎드리더니 이내 눈을 감고 혼수 상태에 빠져들었다. 평이 몸을 흔들어도 진흙덩이처럼 이리저리 밀릴 뿐 깨어날 줄 몰랐다.

평은 고개를 들고 엄마에게 물었다.

"엄마, 날 이렇게 만들려고 약을 먹이려고 했어요?"

엄마의 뺨이 눈물로 얼룩져 있었다.

"엄마, 왜 그러세요? 제가 너무 버릇없이 굴었나요?"

"평, 엄마 좀 그냥 내버려 둬. 우리 방금 있었던 일은 그만 잊어버리자."

"엄마, 저 이제 더 이상은 어떤 것도 잊어버리고 싶지 않아요."

그날 자정 무렵, 펑은 잠에서 깨어났다.

펑은 여전히 흥분된 상태였다. 언제 들어왔는지 엄마가 어둠 속에서 물었다.

"엄마 때문에 깼어?"

"엄마, 왜 여기 앉아 계세요?"

"너한테 묻고 싶은 게 하나 있어서."

"뭔데요?"

"아까 낮에 말한 일, 넌 어떻게 할 생각이니?"

"내일부터 특별 법원 재판관들을 찾아볼 생각이에요."

어둠 속이라 펑은 엄마의 얼굴이 복잡하게 일그러지는 것을 볼 수 없었다. 그저 혼잣말로 이렇게 중얼거리는 소리만 간신히 들을 수 있었다.

"얘가 다 기억하게 됐어. 다 기억하게 됐어……."

"엄마, 방금 뭐라고 하셨어요?"

"아니야, 어서 자, 어서 자."

다음 날 아침, 펑이 방문을 열고 들어가 보니 엄마는 아직까지 자고 있었다. 엄마가 잠이 든 지 얼마 안 되었다는 것을 깨달은 펑은 조용히 문을 닫고 메모를 남겼다.

엄마, 아침은 저 혼자 차려 먹었어요. 걱정하지 마세요. 나이트 먹을 것도 꺼내 놓았어요. 근데 나이트가 아직도 깨어나질 않아요. 동물 병원에 전화해서 물어보니 수의사 선생님이 대략 오전 10시나 되어야 깨어날 거래요. 저 이제 학교 갈게요. 중요한 일들이 아직도 많이 남아 있어요.

등굣길에 펑은 초등학교 2학년 여학생 두 명을 데리고 차가 많이 다니는 큰길을 함께 건너 주었다. 또 무거운 짐을 든 할아버지를 도와 삼백 미터가량 대신 짐을 들고 갔다. 그리고 누구보다 먼저 학교에 도착했다. 교문 입구 자전거 보관대에 자전거가 한 대도 없는 것을 보고 펑은 자신이 너무 일찍 왔음을 깨달았다.

가장 먼저 만나고 싶은 사람은 담임 선생님이었다. 최대한 빨리 선생님을 만나 재판관들의 이름과 정확한 주소를 알아내고 싶었다.

마음이 조급해서 잠시도 가만히 서 있을 수가 없었다.

펑은 학교 주위를 돌았다. 한 바퀴, 또 한 바퀴, 돌고 또 돌았다. 학교 수위, 왕 아저씨가 나와 물었다.

"얘, 돈 잃어버렸니? 아까부터 한 시간을 뱅뱅 돌던데."

"돈은 아니지만 아주 중요한 것을 잃어버렸어요."

그때 관리가 교문을 향해 걸어오는 것이 보였다. 관리도 펑을 보았지만 펑에게 먼저 인사하고 싶은 생각은 없었다. 관리는 맞은편에서 걸어오는 펑을 못 본 척 그대로 들어가려고 했다.

평이 먼저 관리에게 말을 걸었다.

"관리, 왔니?"

"보면 몰라?"

관리가 쌀쌀맞게 대꾸했다.

평은 신경 쓰지 않았다. 지금은 그런 것에 신경 쓸 여유도 없었다.

"담임 선생님은 왜 여태 안 오시지?"

그러자 관리는 안 좋은 소식을 전했다.

"오늘 담임 선생님 못 오셔. 어제부터 아프시대."

평은 가슴이 덜컥 내려앉았다.

"뭐? 선생님이 아프시다고? 그럼 지금 어디 계셔?"

"병원에 계셔."

평은 금세 눈물이 그렁그렁해져서 선생님이 있는 병원으로 향했다. 이렇게 간절히 기도해 보기는 처음이었다. 제발 선생님에게 별 탈 없기를 마음속 깊이 간절히 기도했다.

선생님의 마지막 선물
2000년 여름

평은 담임 선생님이 입원한 병원으로 달려갔다. 병원 문을 들어서
자마자 코를 진동하는 소독약 냄새에 속이 메스꺼웠다. 평은 평소에
도 병원 소독약 냄새가 몹시 싫고 두려웠다. 그러나 메스꺼움을 참고
응급실로 달려가 간호사에게 물었다.

"어제 저녁에 '청젠'이라는 이름의 환자 여기 왔었죠? 지금 어디에
있어요?"

"아, 그 심부전 환자 말이구나."

평은 두 다리가 후들거렸다. 심부전이라면 자칫 생명을 앗아갈 수
도 있는 위험한 병이라고 알고 있었다. 평은 떨리는 목소리로 말했다.

"그분 좀 뵙고 싶은데요."

"안 돼. 그 환자는 지금 특수 병실에서 전문 의료진의 치료를 받고

있어. 벌써 외부 심장 전문의까지 초빙해 특진을 의뢰했단다."

간호사의 대답에 펑은 꾹 눌러 참고 있던 질문을 했다.

"혹시 돌아가실 수도 있나요?"

간호사는 이마가 땀으로 범벅이 된 펑을 흘긋 쳐다보더니 이렇게 대답했다.

"그 환자가 들어오고부터 지금까지 모든 의사와 간호사 들이 그걸 궁금해하고 있단다."

바로 그때, 복도 끝에서 흰 가운을 입은 의사와 간호사 들이 이동 침대를 끌고 오는 것이 보였다. 침대 위에는 흰 천이 덮여 있었고, 침대가 나온 병실에서는 울음소리가 새어 나왔다. 펑은 온몸이 굳어졌다. 그대로 머릿속이 하얘지면서 심장이 멎는 것 같았다.

"아, 선생님!"

펑은 큰 소리로 외치며 흰 천이 덮인 침대를 향해 달려갔다.

한 남자 의사가 재빨리 손을 뻗어 펑을 막았다.

"비켜 주세요. 이렇게 소란을 피우시면 안 됩니다."

펑은 울음을 터뜨렸다.

"저 이분과 하고 싶은 말이 있어요. 여쭤 보고 싶은 일들이 너무 많아요. 선생님을 이렇게 보낼 순 없어요……."

또 다른 젊은 남자 의사가 펑을 붙들었다.

"꼬마야, 이 환자는 이미 사망했단다."

펑은 가슴이 무너져 내리며 마구 울부짖었다.

"선생님, 전 어떡하라고요. 저 혼자 어떻게 찾아요……."

젊은 남자 의사는 두 손으로 펑의 어깨를 꼭 잡아 흔들며 달랬다.

"진정해라. 진정해……."

그러나 펑은 제정신이 아니었다.

"선생님!"

그런데 그때, 어디선가 펑을 부르는 소리가 들려왔다. 어렴풋이 들리는 소리였지만 펑은 누구의 목소리인지 대번에 알 수 있었다. 뒤돌아보니 담임 선생님이 서 있었다! 틀림없는 담임 선생님이었다!

선생님은 파란색과 흰색이 섞인 환자복을 입고 병실 문틀을 붙잡은 채 펑을 바라보고 있었다.

그제야 펑은 이동 침대 위에 누워 있는 사람이 선생님이 아니라는 것을 깨달았다. 그리고 지금까지보다 더 큰 소리로 울며 선생님을 향해 달려갔다. 펑이 달려와 와락 부둥켜안는 바람에 선생님은 하마터면 뒤로 고꾸라질 뻔했다.

선생님은 몸 상태가 몹시 안 좋아 보였다. 말을 할 때도 기운이 없었다.

"침대에 누워 비몽사몽 꿈을 꾸고 있는데 얼핏 네가 날 부르는 소리를 들었지. 우는 소리도 들리고."

"전 아까 그 침대에 있던 사람이 선생님인 줄 알았어요……."

선생님은 쓴웃음을 지었다.

"그렇게 쉽게 죽을 순 없지. 이대로는 아직 죽을 수 없어."

펑은 선생님을 부축해 침대에 눕혀 드렸다. 선생님은 피곤한 듯 두 눈을 꼭 감았다. 펑은 침대 옆에 서서 선생님이 기운을 좀 차리고 눈을 뜰 때까지 조용히 기다리기로 했다. 그 순간, 선생님의 눈가에 눈물이 한 방울 흘러내렸다.

"선생님, 왜 그러세요?"

펑이 놀라 물었다.

선생님은 감은 눈을 뜨지 않았다. 차마 펑의 시선을 마주할 수 없다는 듯……. 그리고 긴 한숨을 토해 내며 혼잣말하듯 중얼거렸다.

"이런 결과를 초래할 줄은 정말 상상도 못 했다. 우리는 용서받을 수 없는 잘못을 저지른 거야."

"선생님, 이제 저한테 다 말씀해 주시면 안 돼요? 저 너무 무서워요."

그러자 선생님은 베개 밑에서 검은색 수첩을 하나 꺼내더니 한 장을 찢어 펑에게 건네주었다.

"이게 뭐예요?"

"1992년 특별 법원 재판관 7명의 명단이란다."

"재판관 7명의 이름이 다 여기에 있어요?"

선생님은 창백해진 얼굴로 하얀 베개 위에서 힘없이 고개를 가로저었다.

"좋아하긴 일러. 그 이름은 실명이 아니라 기호거든. 우리는 서로가 누군지 알지 못해."

"네? 이게 다 기호라고요?"

선생님은 이를 꽉 깨물었다.

"실은 한 달 전부터 나 혼자 이들을 찾아 나섰어. 안타깝지만……아, 정말 너에게 이런 결과를 전하고 싶지 않았는데……."

"어떤 결과요?"

"하지만 펑, 넌 이 문제에 대해 꼭 알아야 돼."

"무슨 문제요? 선생님, 어서 말씀해 주세요. 답답해서 미칠 것 같아요."

펑은 가슴이 터져라 소리 지르고 싶고, 울고 싶었다. 그러나 선생님은 다시 눈을 꽉 감고는 베갯잇처럼 창백한 얼굴을 벽 쪽으로 돌렸다.

"선생님! 고래고래 소리 지르고 싶어요. 말씀해 주지 않으시면, 온동네 사람들이 열 살짜리 남자아이, 아니, 열여덟 살 된 남자가 어느 병원에서 미쳤다는 소문을 듣게 될 거예요."

펑의 외침에도 선생님은 대꾸하지 않았다. 한참 뒤 마음이 좀 진정되자 펑은 조금씩 선생님의 마음이 이해되기 시작했다.

'그래, 선생님은 나보다 더 일찍 어떤 절망적인 상황에 부딪힌 거야. 선생님은 내게 이 상황을 되도록 천천히 전해 주고 싶은 것뿐이야. 내가 갑작스레 이 상황을 전해 듣고 충격에 휩싸이지 않도록 말이야.'

펑은 입을 굳게 다물고 숨죽여 기다렸다. 선생님이 얼굴을 돌려 자신을 바라볼 때까지 언제까지고 기다리기로 마음먹었다……

마침내 선생님이 고개를 돌렸다.

"선생님, 말씀하세요. 저 들을 준비 됐어요."

선생님은 천장에 눈을 고정시킨 채 입을 열었다.

"펑, 팔 년이라는 시간은 아주 긴 시간이다. 어떤 일이고 생길 수 있는 긴 시간이지……"

펑은 고개를 끄덕였다. 지금으로서는 고개를 끄덕이는 행동 말고는 아무것도 할 수 없었다.

"팔 년 전, 그 특별 법원 7명의 재판관은 모두 재판장인 '왼쪽1'의 지령에 따라 움직였어. 내 기호는 '왼쪽3'이란다. 법원 안 일곱 개의 의자 중 왼쪽에서 세 번째 의자가 내 자리거든. 우리는 모두 각자 개별적으로 그곳에 가서 '왼쪽1'과 대면하고, 왼손을 들어 의사 표시를 했어……"

"그러니까 특별 법원의 '왼쪽1'이 가장 중요한 핵심 인물이라는 말씀이시죠?"

"하지만 한 달 전, 특별 법원이 너에게 내린 판결을 개정하려고 할 때 알게 된 사실인데, 안타깝게도 '왼쪽1'은 이 년 전에 뇌출혈로 세상을 떠났다는구나."

"네? '왼쪽1'이 죽었다고요?"

펑은 숨이 멎을 듯이 놀랐다.

"뿐만 아니라 사방팔방 수소문을 해 어제 저녁에야 알게 되었는데,

'왼쪽2'와 '왼쪽7'도 '왼쪽1'이 세상을 떠나기 하루 전날 특별 법원에 정식으로 사직서를 제출했대. 이제 두 사람은 이 세계에서 사라진 거나 마찬가지야……"

"그래도 아직 네 명의 재판관이 남아 있잖아요. 판결문에 이렇게 쓰여 있었던 거 기억나요. '개정 시에는 반드시 다수, 즉 재판관 4인 이상의 동의를 거쳐야 개정이 효력을 발생할 수 있다'고 했어요. 아직 네 명이 남아 있는 거잖아요!"

"그래, 그래서 '왼쪽5'와 '왼쪽6'을 찾아 선생님 표까지 모두 세 표를 얻어 놓았어. 이제 마지막 남은 여자 재판관 '왼쪽4'의 표만 얻으면 된다."

"선생님, 절대로 포기하시면 안 돼요. 저도 포기하지 않을 거예요……"

펑은 무슨 말을 더 하려다가 그만 울음이 복받쳐 침대에 엎드려 두 손에 얼굴을 묻고 흐느꼈다.

선생님은 펑의 머리를 쓰다듬으며 조용히 달래듯 말했다.

"자, 펑, 여기서 너무 시간을 지체한 것 같다. 어서 가서 좋은 일을 해야지. 나도 방법을 좀 더 생각해 봐야겠다."

그제야 펑은 고개를 들고 빨개진 눈으로 대답했다.

"네, 그럴게요."

그날 오전, 병원의 의사와 환자 들은 몸집이 작은 사내아이 하나가 병실을 오가며 환자들에게 물을 떠다 주고, 간이 변기를 비우고, 바닥을 청소하는 모습을 보게 되었다. 이유는 몰랐다. 누군가가 그런 펑에게 관심을 보이며 말했다.

"얘, 좀 쉬어 가며 하렴."

그러나 펑은 멈추지 않았다. 쉬고 있을 겨를이 없었다. 일을 하는 동안에는 눈물을 질금거릴 틈도 없었다.

오전 10시쯤 되자 학교 선생님들과 반 아이들이 담임 선생님을 문병하러 병원을 찾았다. 병원 복도에서 온몸이 땀으로 범벅이 된 채 대걸레질을 하고 있는 펑의 모습을 관리가 가장 먼저 발견했다.

"너 학교 안 오고 여기서 뭐 해?"

펑은 대답하지 않았다. 관리를 좋아하지 않을 뿐더러 관리는 늘 펑에 대해 편견을 가지고 삐딱한 시선으로 바라보았기 때문이다. 관리는 펑의 손에 들린 대걸레 자루를 흘긋 보더니 한쪽 입꼬리를 치켜 올리며 물었다.

"너 설마 여기서 봉사 활동 같은 걸 하는 건 아니겠지?"

비꼬는 듯한 그 말투에 펑은 울어서 부숭부숭한 눈으로 말없이 관리를 바라보았다. 그때 마침 차오커가 병원 안으로 급하게 뛰어 들어오다가 펑과 부딪혔다. 펑의 손에 들려 있던 대걸레가 우당탕 소리를 내며 바닥에 떨어졌다. 펑은 차오커와도 이야기하고 싶지 않아 대걸레 자루를 주워 들고 조용히 자리를 떠났다.

"어, 저 애 펑이랑 되게 닮았다. 어쩜 저렇게 똑같이 생긴 사람이 다 있지?"

"쟤가 펑이야."

관리가 대답했다.

"뭐? 쟤가 펑이라고? 저런 모습은 처음 보네."

바로 그때, 담임 선생님의 병실에서 다급한 외침 소리와 허둥지둥 오가는 발걸음 소리가 어지럽게 들려왔다. 의사와 간호사 들이 병실을 들락거리며 정신없이 바쁘게 움직였다.

"선생님이 많이 안 좋으신가 봐……."

관리가 걱정스러운 얼굴로 중얼거렸다.

펑이 담임 선생님의 상태가 악화된 것을 알고 달려갔을 때는 이미 병실 앞에 선생님과 학생 들이 빽빽이 모여 있었다. 펑은 사람들 때문에 담임 선생님의 얼굴을 보기는커녕 앞으로 나아갈 수조차 없었다. 병실 안을 들여다보려고 고개를 빼고 기웃거리는데, 마침 음악 선생님이 펑을 발견했다.

"너도 담임 선생님 문병을 왔구나!"

어떤 뜻으로 한 말인지 펑은 잠시 혼란스러웠지만 선생님이 펑을 칭찬하고 있다는 건 알 수 있었다.

"펑, 오늘 네 모습이 평소 때와는 좀 다른 것 같다."

그러나 지금 펑에게 중요한 것은 한 가지뿐이었다.

"선생님은 좀 어떠세요?"

"별로 안 좋아."

담임 선생님의 상태는 확실히 안 좋았다. 펑은 병실 앞에 모인 사람들이 소곤거리는 말을 들었다. 선생님이 말을 못 하게 될 수도 있다고 했다. 선생님을 담당하고 있는 주임 의사가 급히 나오면서 큰 소리로 물었다. 사람들이 양옆으로 비켜서 한가운데 길이 생겼다.

"누가 '펑'입니까? '펑'이라는 학생 있습니까?"

이런 상황을 처음 겪는 펑은 완전히 넋이 나간 듯했다. 귀가 윙윙 울리며 어지럼증이 났다. 의사가 펑을 향해 말했다.

"지금 환자가 너와 이야기하고 싶어 한다. 얼른 들어가 봐라."

그러나 펑은 귀가 먹먹할 정도로 울려 의사가 무슨 말을 하는지 들리지 않았다. 펑은 의사의 말을 알아듣지 못한 채 계속 이 말만 반복했다.

"선생님은 좀 어떠세요?"

펑이 사람들에게 이끌려 선생님 곁으로 갔을 때는 이미 때가 늦었다. 선생님은 혼수상태에 빠져 의식이 없었다. 펑은 주위에 서 있는 의사들을 바라보며 큰 소리로 애원했다.

"저희 선생님 좀 꼭 살려 주세요. 무슨 일이 있어도 선생님이 다시 눈을 뜨실 수 있게 해 주세요. 선생님이 무슨 말씀을 하려고 하셨는지 듣고 싶어요. 선생님이 저에게 하시려던 말씀…… 저 듣고 싶어요."

주임 의사는 담담한 표정으로 말했다.

"얘야, 우린 최선을 다했다. 환자의 생명은 지금 초를 다투고 있어."

"아니에요. 선생님이 제게 알려 주셔야 할 것들이 아직도 너무 많아요. 선생님은 한 달 동안 저를 위해서 굉장히 중요한 일들을 하고 계셨어요."

주임 의사는 펑에게 편지 한 통을 내밀었다. 겉봉에 '펑에게'라고 쓰여 있었다.

주임 의사가 말했다.

"의아한 점은 안에 아무것도 없는 빈 봉투라는 거란다."

주위 사람들은 모두 유감과 슬픔이 가득한 얼굴로 펑을 바라봤다. 가슴 아픈 광경이었다. 펑은 넋 나간 얼굴로 멍하니 주임 의사의 얼굴을 마주 보았다.

"빈 봉투요? 아무것도 없는 빈 봉투라고요?"

"그래."

주임 의사도 말을 마치고 안타깝다는 듯 고개를 돌렸다.

펑은 두 눈에 눈물이 그렁그렁한 채 편지 봉투를 받아 들고 사람이 없는 외진 곳으로 갔다. 나뭇잎처럼 가벼운 편지 봉투 위에 펑의 볼을 타고 흘러내린 눈물이 뚝뚝 떨어졌다.

편지 봉투를 뜯어 본 펑은 또 한번 놀라고 말았다. 안에 검은 카드가 들어 있었다.

펑은 눈물 젖은 눈으로 검은 카드를 손 위에 올려 놓고 읽기 시작했다.

나 왼쪽3은 엄숙히 선포한다. 1992년 6월 펑에게 내린 판결은 무효화한다. 펑과 나이트의 본래 모습을 회복시키며, 동시에 특별 법원은 아무 조건 없이 해산한다.

재판관 왼쪽3(지장 날인), 왼쪽5(지장 날인)

왼쪽6(지장 날인), 왼쪽4 (공석)

2000년 6월

펑은 선생님이 자신을 위해 마지막으로 한 일이라는 것을 깨달았다. 카드를 다 읽은 뒤 선생님의 병실 쪽을 바라보며 말했다.

"여자 재판관 꼭 찾아낼게요."

펑의 이 말을 듣기라도 한 듯, 그 시각 병실에 있던 선생님의 심장 박동이 멈췄다. 그 뒤 여러 해가 지난 어느 날, 펑은 담임 선생님의 진료 기록에서 다음과 같은 내용을 볼 수 있었다.

청젠, 남, 29세.

심장 좌측이 신체에 필요한 적정량의 혈액을 배출하지 못해 심부전으로 사망.

평은 이 기록을 공책에 옮겨 적고 컴퓨터에도 저장했다. 영원히 잊어버리지 않도록……

엄마가 숨겨 온 비밀
2000년 여름

검은 카드를 다 읽으면 자동으로 사라졌던 것과는 달리 담임 선생님이 준 마지막 카드는 몇 번을 읽어 내용을 완전히 외울 정도가 되어도 사라지지 않고 편지 봉투 안에 그대로 남아 있었다. 펑은 집으로 돌아가 엄마에게 선생님의 부고를 전했다. 엄마는 펑의 이야기를 듣더니 한참을 멍하니 있다가 겨우 입을 열었다.

"안됐구나. 정말 안됐어. 아직 젊으신 분이…… 참 좋은 선생님이었는데……."

그러고는 조용히 방으로 들어가 방문을 닫았다. 펑은 나이트를 내려다보았다. 나이트도 펑을 마주 보았다.

잠시 후, 나이트는 살그머니 엄마의 방문 앞으로 가 문에 얼굴을 들이댔다. 펑은 나이트에게 엄마를 방해하지 말고 문에서 떨어지라고 손짓했다. 그러나 나이트는 펑의 손짓을 무시하고 더 바싹 문 앞으로 다가갔다. 펑은 더 크게 손짓하며 빨리 문에서 떨어지라고 나이트를 재촉했다.

펑의 재촉에도 아랑곳하지 않던 나이트가 갑자기 몸을 일으켜 세우더니 앞발로 문을 마구 긁기 시작했다.

그제야 펑은 방 안에서 무슨 일이 생겼음을 직감하고 방문을 두드렸다. 나이트도 옆에서 목청껏 짖어 댔다. 나이트가 요란하게 짖어 대자 마음이 더욱 다급해진 펑은 있는 힘을 다해 주먹으로 방문을 두드렸다. 하지만 방 안에서는 아무런 기척이 없었다. 게다가 방문은 잠겨 있었다. 펑은 초조한 마음으로 거실을 뱅뱅 맴돌았다.

그때, 나이트가 소파로 달려가더니 뾰족한 입으로 엄마의 핸드백 안을 뒤지기 시작했다. 나이트는 이내 엄마가 항상 가지고 다니던 열쇠 꾸러미를 찾아내 입에 물어 펑에게 던져 주었다. 서둘러 방문을 열고 들어가 보니 엄마는 방바닥에 쓰러져 있었다.

펑은 부리나케 구조대에 전화를 걸었다. 연락을 받고 온 의사는 엄마가 더위를 먹은 것이라고 했다.

"별일 없을 게다. 어머니가 비만이신 데다 날씨가 워낙 더워서 그런 것뿐이야. 앞으로 좀 더 조심하면 돼. 네가 어리긴 하지만 엄마를 많이 도와드리도록 해라."

'저 사실 그렇게 어리지 않아요.'

펑은 이렇게 말하고 싶었지만 공연한 짓이라 생각하며 꾹 참았다.

"아버지는 집에 안 계시니?"

의사가 물었다.

"외국에 계세요."

"흠……."

의사는 반신반의하는 듯한 얼굴이었다. 곧이어 의사는 펑에게 몇 가지 예방법을 일러 주었다.

펑은 고개를 끄덕이며 열심히 들었다.

"내가 얘기한 것 다 기억할 수 있겠니?"

펑은 다시 고개를 끄덕였다.

의사는 펑의 집을 나오기 전 엄마를 한 번 더 진찰한 뒤 말했다.

"아무 문제없어. 모든 게 정상이다."

엄마는 여전히 눈을 감은 채 조용히 침대에 누워 있었다. 펑은 물수건으로 엄마의 얼굴과 목의 땀을 정성스럽게 닦아 냈다.

엄마가 눈을 뜨자마자 물었다.

"펑, 엄마가 정신을 잃었을 때 헛소리 안 했니?"

"엄마가 언제 헛소리 같은 걸 하신 적이 있나요. 왜 그런 걸 물으세요?"

펑이 놀라 되물었다.

"안 했으면 됐어."

"엄마, 너무 예민해지신 것 같아요."

"이제 열 살밖에 안 된 녀석이 예민한 게 뭔지나 알고 하는 소리야?"

엄마가 픽 웃으며 말했다.

"예민해졌다는 게 뭐 그리 어려운 단어라고 애, 어른을 따지세요?"

엄마는 조금 놀란 눈빛으로 고개를 들고 펑을 바라봤다.

"너 오늘 말하는 게 꼭 다 큰 어른 같다."

그러고는 손을 뻗어 펑의 이마를 만져 보았다.

"엄마, 또 저한테 '어디 아픈 데 없니?' '무슨 무슨 약 먹을래?' 하고 물으시려는 거죠?"

엄마는 아무 대답도 하지 않았다. 그리고 갑자기 한기가 도는 듯 가볍게 몸을 떨었다.

"펑, 창문 커튼 좀 쳐 주렴. 햇볕이 너무 강해서 눈이 아프네."

펑은 창밖을 내다보았다.

"지금 오후 4시라 햇볕이 그렇게 강하지 않을 텐데요."

말은 이렇게 하면서도 펑은 시키는 대로 커튼을 쳤다.

뒤를 돌아보니 어둑해진 방 안의 침대 위에 가만히 누워 있는 엄마의 모습이 어렴풋이 보였다. 누운 채로 엄마는 펑에게 물었다.

"펑, 곧 시험이지?"

"네, 얼마 안 있으면 초등학교 졸업 시험(중국 일부 지역은 초등학교가 5년제로 운영된다—옮긴이)이에요."

"어때? 중학교 들어갈 수 있을 것 같아?"

"그럴 것 같아요."

"아니야, 초등학교 일 년만 더 다니자. 아직 나이도 어린데 벌써 졸업할 필요 없어."

"네? 그럼 저 계속 초등학생으로 있으라고요?"

"뭐 어때? 이상할 것 없어. 넌 아직 너무 어리잖니."

평은 엄마가 무슨 뜻에서 그런 말을 하는지 이해가 되지 않았다. 평이 엄마의 얼굴을 보고 얘기하려고 가까이 다가가자 엄마가 다시 입을 열었다.

"평, 그만 나가서 네 할 일 해. 엄마 혼자 있고 싶어."

엄마의 방을 나와서도 평은 잠시 어리둥절한 얼굴로 멍하니 방문 앞에 서 있었다. 조금 전 엄마가 왜 그런 말을 했는지 생각할수록 이상했다. 나이트도 평을 빤히 바라보고 있었다. 평은 나이트를 향해 두 손을 뻗었다.

"머리가 좀 혼란스러워."

나이트는 욕실 쪽으로 쪼르르 달려가 입으로 욕실 문을 밀더니 평을 보며 한 차례 짖었다.

"씻고 머리 좀 식히라고?"

나이트는 욕실 문 앞에 조용히 엎드렸다. 평은 웃으며 나이트의 머리를 가볍게 툭 치고는 욕실로 들어갔다.

"알았어. 네 말대로 좀 씻고 나와야겠다."

평은 물을 약하게 틀어 가느다란 물줄기가 천천히 머리 위로 떨어지도록 했다. 물줄기는 피부를 타고 내려와 발꿈치까지 촉촉이 적셨다. 마치 시원한 빗줄기를 맞고 있는 것처럼 기분이 상쾌해졌다.

가뿐한 마음으로 샤워를 마치고 나오니, 나이트가 욕실 문 앞에 서서 자신을 기다리고 있었다. 입에는 편지 한 통을 물고 있었다. 외국 우표가 붙어 있는 편지였다.

"이건 어디서 가져온 거야?"

펑은 나이트의 입에서 편지를 빼내 겉봉을 훑어보았다.

"아, 이건 아빠가 엄마한테 보낸 편지야. 별것 아냐. 원래 있던 자리에 도로 갖다 놔."

그러나 나이트는 그 자리에 꼼짝 않고 서 있었다.

"어서 갖다 놓으래도!"

펑이 나이트 앞에 편지를 던지며 재촉했다.

나이트는 편지를 다시 물어 펑의 얼굴 앞에 들이밀었다.

"어휴, 알았어. 네가 그렇게 보라고 하니 한번 볼게."

펑은 봉투를 열고 아빠의 편지를 펴 보았다. 편지 내용은 매우 짧았다. 편지라기보다는 메모에 가까웠다.

펑 양육비로 보낸 2,000달러는 잘 받았어? 다음번 양육비
도 제 날짜에 차질 없이 보낼게.

펑은 편지를 쓱 읽고는 말했다.

"별 내용도 없는데 넌 왜 자꾸 나더러 보라고……."

그 순간, 펑은 말을 멈췄다. 나이트를 돌아본 펑은 다시 제대로 편지를 읽기 시작했다.

"대체 이게 무슨 말이지?"

나이트는 고개를 숙여 펑의 복사뼈를 살짝 깨물었다.

펑은 그 자리에서 펄쩍 뛰어올랐다.

"아얏! 왜 물어?"

"펑, 무슨 일 있니?"

방에서 엄마의 목소리가 들려왔다.

나이트는 대답이라도 하듯 꾸르륵꾸르륵 소리를 냈다.

엄마 방을 바라보며 펑이 큰 소리로 대답했다.

"아무것도 아니에요."

그리고 목소리를 낮춰 나이트에게 소곤거렸다.

"야, 아프잖아."

나이트의 목에서 또 꾸르륵꾸르륵 소리가 났다. 여느 때와는 좀 다른 소리였다. 틀림없는 웃음소리였다.

이튿날, 엄마는 출근하지 않고 집에서 쉬면서 몸조리를 했다. 펑이 학교에서 돌아올 무렵, 엄마는 마침 산책을 나가고 집에 없었다.

펑이 집 안으로 들어서자 나이트는 평소 때보다 더 반갑게 펑을 맞이했다. 웬일인지 잔뜩 흥분해서는 펑 주위를 빙글빙글 맴돌며 펑의 신발과 바짓가랑이를 물고 잡아당겼다.

펑이 책가방을 내려놓을 때, 나이트는 잠시 모습을 감췄다가 곧 다시 펑 앞에 나타났다. 입에는 종이 뭉치 같은 것을 물고 있었다.

"이번엔 또 뭘 찾아온 거야?"

펑은 나이트의 입에서 그것을 빼내 들었다. 겉장에 적힌 글씨를 본 순간, 펑은 머리가 아찔해지며 현기증이 났다. 이혼 증명서였다.

"엄마랑 아빠가 1992년에 이혼했다고?"

펑은 집 안이 떠나갈 듯 큰 소리로 고함을 질렀다. 고함 소리에 얼이 빠진 나이트가 두 귀를 바르르 떨면서 눈을 끔벅거렸다.

펑은 곧바로 발코니로 달려가 건물 아래에 있는 엄마를 불렀다.

"엄마! 엄마! 얼른 집으로 와 보세요!"

나이트도 펑 옆에서 큰 소리로 짖어 댔다.

엄마는 펑과 나이트가 부르는 소리를 듣고 곧 집으로 돌아왔다. 그리고 식탁 위에 놓인 이혼 증명서를 보았다. 펑의 예상과 달리 엄마는 별로 놀라는 기색도 없이 조용히 식탁 옆에 앉았다.

"엄마, 이게 다 어떻게 된 일인지 설명해 주세요. 저 알고 싶어요."

"아들, 사실 엄마도 너한테……."

"엄마, 더 이상 절 속일 생각은 하지 마세요."

엄마는 슬그머니 고개를 돌리며 펑의 날카로운 시선을 피했다.

"그래, 엄마는 네 아빠랑 이혼했어."

"그리고 또요!"

"뭐?"

"또 있잖아요! 아직도 저에게 말씀해 주시지 않은 게 많잖아요!"

"또 뭐가 있다고 그래……?"

"저 올해 열여덟 살이잖아요. 아니에요?"

엄마는 대답 대신 벌떡 일어나 펑을 끌어안았다.

"엄마는 다시는 내 아들을 잃고 싶지 않아!"

"저한테 전부 다 말씀해 주세요. 하나도 빠짐없이, 전부 다요!"

펑을 지켜보던 나이트가 쥐어짜는 듯한 목소리로 짖기 시작했다. 마치 오랫동안 억눌러온 울음을 토해 내는 것 같았다.

"난 네가 자라는 걸 원치 않았어. 내 아들이 영원히 내 곁에 있어 주길 바랐어."

엄마의 말에 펑은 그만 울음을 터뜨렸다. 그리고 허리띠에 끼워 두었던 담임 선생님의 편지, 모두가 빈 봉투로 알고 있었던 그 편지 봉투를 꺼내 엄마 앞에 내밀었다.

엄마는 눈물을 펑펑 쏟았다. 살면서 이렇게 큰 소리로 울어본 적은 없었다. 십 년을 함께 산 남편과 헤어질 때도 이토록 가슴 아프지는 않았다.

"엄마, 이게 빈 편지 봉투가 아니라는 건 알고 계시죠?"

펑과 나이트 둘 다 똑똑히 보았다. 엄마는 편지 봉투 안으로 손가락을 집어넣어 검은 카드를 꺼냈다. 엄마는 눈물을 멈추고 카드를 읽더니 품에서 펜을 꺼내 왼손으로 자신의 기호 위에 서명했다. 펑은 엄마의 기호가 무엇인지 알고 있었다. 그러나 보고 싶지 않았다. 더 묻고 싶지도 않았다.

엄마는 왼쪽 새끼손가락을 깨물어 피를 낸 다음 검은 카드 위에 새빨간 피를 몇 방울 떨어뜨려 지장을 찍었다.

그 순간, 검은 카드는 흔적도 없이 사라졌다.

엄마가 물었다.

"너 어떻게 알았니? 엄마가 특별 법원의……."

"이혼 증명서에 나와 있는 엄마의 사진을 보고 알았어요. 그 사진, 본 적 있거든요. 어느 회색 건물 복도에 걸려 있었죠."

엄마는 다시 펑을 꼭 껴안으며 말했다.

"펑, 엄마를 떠나지 마."

"엄마, 왜 자꾸 제가 떠난다는 말씀을 하세요?"

"넌 이제 열여덟 살이나 되었잖아."

"이제 그만요. 저 숨 막혀요, 엄마."

엄마의 품에서 빠져나왔을 때, 갑자기 엄마가 펑보다 작아 보였다. 펑의 키가 커진 것이었다. 펑의 모습이 달라짐과 동시에 나이트도 팔 년 전 긴 털을 가진 모습으로 돌아왔다. 나이트가 예전 모습을 되찾은 것을 보자, 펑은 왠지 모르게 불길한 예감이 들었다.

나이트, 최후의 비상

평은 학교로 다시 돌아갈 수 없었다. 평이 반 아이들보다 머리 세 개는 더 커졌기 때문이다. 그 아이들 앞에서 평은 마치 거인 같았다.

관리는 평의 집으로 찾아와 평에게 무슨 일이 일어난 것인지 알려 달라고 졸랐다. 평은 자신에게 일어난 일들에 대해 이야기하고 싶지 않았다. 팔 년이라는 시간을 넘나드는 이야기이니 어떤 식으로 말하든 길고 지루한 이야기가 될 게 뻔했기 때문이다. 그러나 관리가 꼭 듣고 싶다며 평을 조르는 통에 결국 그 고집을 꺾지 못하고 간략하게 이야기해 주었다.

평의 이야기를 듣고 난 관리는 놀라 외쳤다.

"난 지금 그 얘기 하나도 믿을 수 없어!"

관리 말고도 평의 집에는 손님이 끊이지 않았다. 사람들은 달라진 평과 나이트의 모습을 보고 싶어 했다. 평은 호기심을 품고 찾아온 이들에게 이렇게 말했다.

"저, 한가하게 이런 이야기하고 있을 시간이 없어요. 공부해야죠. 엄밀히 말해서 전 수험생이잖아요."

그렇게 특별하지 않은 듯 특별한 일상이 지나던 어느 날, 집에 돌아온 평은 나이트 밥그릇에 밥이 그대로 있는 것을 발견했다. 아침밥은 그대로 저녁밥이 되었다. 다음 날 아침이 되어도 조금도 줄어들지 않았다. 음식에서 이미 상한 냄새가 나고 곰팡이가 피어 있었다. 평은 음식을 내다 버리고 밥그릇을 깨끗이 씻은 다음 나이트가 가장 좋아하는 추린 소시지를 올려놓았다. 그리고 나이트가 먹는 모습을 찬찬히 지켜보았다. 나이트는 추린 소시지를 보고도 혀로 몇 번 핥을 뿐 먹지 않았다.

나이트가 먹지도 마시지도 않는다는 것을 전해 들은 엄마는 평에게 이렇게 말했다.

"어서 동물 병원에 데리고 가 봐!"

사람들은 키가 껑충해진 평이 커다란 몸집의 나이트를 끌고 가는 모습을 호기심 어린 눈길로 쳐다보았다. 평은 사람들의 시선 따위에 마음을 쓸 겨를이 없었다. 그저 나이트에게서 눈을 떼지 못했다. 나이트는 몇 미터쯤 가다 잠깐씩 길바닥에 엎드려 쉬곤 했다. 평은 나이트가 밥을 먹지 못해 기운이 없어서 그런 것이라고 생각했다.

동물 병원으로 올라가는 계단은 생각보다 높았다. 펑은 먼저 올라가서 뒤를 돌아보고 나이트를 불렀다. 나이트는 기진맥진해져서 계단 입구에 납작 엎드려 꼼짝도 하지 않았다.

결국 펑은 나이트를 안아서 병원 안으로 데리고 들어갔다.

나이가 지긋한 수의사는 한눈에도 경험이 많아 보였다. 그는 나이트의 범상치 않은 풍모에 관심을 보이더니 전반적인 건강 상태를 하나하나 꼼꼼히 살펴보았다.

펑은 조바심을 내며 수의사에게 물었다.

"어디가 아픈 거예요?"

수의사는 아무런 대꾸 없이 검사에만 집중했다.

펑은 걱정이 되어 질문을 멈추지 않았다.

"무슨 병에 걸린 건 아니죠?"

이윽고 수의사가 차분한 목소리로 입을 열었다.

"이 개는 노견이란다."

"네? 그게 무슨 말씀이세요?"

"설명해 줄 테니 잘 들어라."

수의사는 구름같이 흰 자신의 머리를 가리키며 말했다.

"그러니까 이 개는 나처럼 늙어 쇠약해진 거란다. 이 개는 지금 벌써 열다섯 살이야."

뜻밖의 말에 펑은 깜짝 놀라 물었다.

"열다섯 살이 늙은 거예요?"

"개 나이로 열다섯 살이면 사람으로 따졌을 때 팔십 살에 가까운 거란다."

"네? 그럼 나이트의 수명이 얼마 남지 않았다는 말씀이세요?"

"내가 이제까지 보아 온 바에 따르면, 이 개는 겨우 사흘 정도밖에 남지 않은 것 같구나."

"그냥 어디가 아픈지 알아보러 온 건데…… 이제 사흘밖에 못 살 거라니 그게 무슨 말씀이세요?"

펑은 큰 충격을 받아 절망적으로 부르짖었다. 수의사는 펑을 위로하며 이렇게 말했다.

"얘야, 너무 슬퍼하지 마라. 마음을 굳게 먹어야 해. 생로병사는 사람의 힘으로 어찌할 수 없는 자연의 이치란다. 데리고 가서 남은 며칠 동안이라도 잘 보살펴 주렴. 너한테 아주 각별한 친구였던 모양이구나."

펑은 나이트를 안고 무거운 발걸음으로 동물 병원을 나왔다. 집으로 오는 동안 나이트는 줄곧 펑의 가슴에 얼굴을 묻고 있었다. 집으로 들어서자마자 펑은 가슴이 찢어질 것만 같았다. 결국 슬픔을 참지 못하고 엉엉 소리 내어 울고 말았다.

그사이 나이트는 식탁 다리에 기대어 일어서더니 슬픔에 몸부림치는 펑을 담담한 눈빛으로 바라보았다.

잠시 후, 펑과 나이트는 발코니로 갔다. 한여름의 햇빛 속에서 나이트는 고개를 든 채 펑이 자신의 노쇠한 긴 털을 빗겨 주는 대로 얌전히 엎드려 있었다. 이따금 공기 중에 흐르는 달콤한 냄새를 맡으며 까만 코를 벌름거리기도 했다.

평은 나이트와 나란히 앉아서 많은 이야기를 나누고 싶었다. 그래서 쉬지 않고 이런저런 이야기를 늘어놓았다. 평은 자신이 두서없이 늘어놓고 있는 그 모든 이야기를 나이트가 하나도 빠짐없이 듣고 있다는 것을 알았다. 나이트의 두 귀가 평을 향해 쫑긋 들려 있었으니까. 평은 이야기를 멈추지 않았다.

"난 이제 나이트 너와 새로운 생활을 시작하고 싶어. 매일매일 너를 데리고 거리로 산책을 나갈 거고, 목욕도 시켜 주고, 네 순한 두 눈을 날마다 들여다보고 싶어……. 네 눈만 보면 절로 힘이 솟고 생기가 도는 것 같아. 그리고 너랑 자꾸만 이야기하고 싶어져."

하염없이 말을 잇는 평의 두 뺨에 또다시 눈물이 흘러내렸다. 나이트는 혀로 흐르는 눈물을 핥아 주었다.

평은 울먹이며 말했다.

"핥아 주지 않아도 돼. 어차피 계속 흐를 테니까. 나이트, 네가 다시 어려지기를 내가 얼마나 바라는지 알아? 영원히 죽지 않고 힘이 넘치기를, 언제나 그랬듯이 날아오를 것처럼 도약하는 표범 같기를……."

평은 눈물이 앞을 가려 말을 잇지 못했다. 눈앞이 안개 속처럼 뿌옇게 흐려지며 어디선가 시원한 바람이 한 줄기 불어오는 것 같았다. 바로 그때 나이트가 자리에서 일어섰다. 그러고는 발코니 난간으로 다가가 온 힘을 다해 훌쩍 몸을 솟구쳤다…….

놀란 펑은 정신없이 계단을 뛰어 내려가 나이트에게 다가갔다. 이제 더 이상 울지 않았다. 펑은 자는 듯 누워 있는 나이트 옆에 가만히 앉았다.

길 가던 사람들이 우르르 몰려와 펑과 나이트를 에워쌌다.

누군가가 말했다.

"이 개가 3층 발코니에서 떨어지는 걸 방금 내 눈으로 직접 봤어."

"3층에서 떨어졌으면 죽지 않았을까?"

펑이 외쳤다.

"나이트는 날아서 내려온 거예요!"

"뭐라고?"

옆에 서 있던 사람이 펑의 말을 못 알아듣고 재차 물었다.

펑은 혼잣말처럼 중얼거렸다.

"나이트는 날아서 내려온 거라고요……."

이토록 결말이 궁금한 청소년 소설을 접한 적이 있었던가? 이 책을 번역하면서 순간순간 든 생각이다. 정말 흥미롭고 신선한 작품이었다.

이 책은 '펑'이라는 남자아이에게 일어난 놀랍고 신비로운 일을 그려 낸 소설이다. 초반부만 읽었을 때는 이 소설의 줄거리가 얼추 이렇게 예상되었다.

말썽꾸러기 남자아이와 아이의 못된 장난을 경고하는 검은 카드, 문제아에 대해 편견을 갖고 훈계를 일삼는 냉랭한 담임 선생님, 아이를 사랑하지만 일에 매여 자식의 생활에 관심조차 없는 어머니, 외국에 나가 있는 아빠⋯⋯. 결국 아이는 검은 카드로 인해 자신의 잘못된 행동을 뉘우치고 어른들도 아이에 대한 편견과 무관심을 반성하며 해피엔딩을 맞게 되지 않을까? 하지만 이 작품은 그보다 조금 더 복잡하고 조금 더 신선하다.

이 작품에는 상당히 많은 것들이 녹아 있다. 아이를 사회가 요구하는 인간상으로 성장시키려는 권력자, 남을 배려할 줄 모르고 친구를 소중히 여길 줄 모르는 아이의 행동, 부모의 비뚤어진 애착, 아이를 이해하고 사랑하는 교육의 본질 등등.

왜 나쁜 행동을 멈추고 좋은 일을 해야 하는지, 그 이유를 틀에 박힌 교훈처럼 제시하지도 않는다. 무엇보다 이 작품은 굉장히 흥미롭게 독자들에게 다가간다. 시간이 지나도 자라지 않는 주인공을 비롯해 검은 카드, 비정상적인 새끼손가락, 특별 법원 등 흥미롭고 판타지적인 요소가 독자들의 구미를 당긴다. 또한 작가는 각 장마다 복선만 던져 줄 뿐 결말을 알 수 없는 구조로 궁금증을 더해 가며 독자가 책에서 시선을 떼지 못하게 한다.

판타지적 요소가 주를 이루고 있음에도 불구하고 현실과 동떨어진 느낌이 들지 않는 이유는 주인공의 일상과 그 일상 속의 평범한 존재들, 즉 개, 선생님, 일하는 엄마, 반 친구들, 동네 친구, 슈퍼마켓 아주머니, 동네 할아버지, 할머니 등 등장인물을 매우 친근감 있게 그려 냈기 때문이다. 말썽을 피워 도무지 어떻게 해야 좋을지 알 수 없는 악동, 이 골치 아픈 건망증 소년 평도 주변에서 간혹 볼 수 있는 친구를 떠올리게 한다.

종반부는 다소 파격적이기까지 하다. 삶에서 '친구'의 존재가 어떤 것인지를 여실히 보여 주는 나이트는 원래 모습과 나이를 회복하면서 죽음을 맞이한다. 또한 자신이 옳다고 믿었던 방법이 아이에게 해가 되었음을 깨닫고 제자의 삶을 돌려놓기 위해 최선을 다한 담임 선생님 역시 결국 병을 이기지 못하고 세상을 떠나게 된다. 작품 전반부부터 줄곧 창백하고 병약한 모습으로 그려지긴 하지만 모든 아이에게 중요한 자리를 차지하는 담임 선생님이란 존재를 굳이 죽는 것으로 결말지을 필요가 있었을까?

호기심과 흥미로움 가득한 마음으로 신나게 책장을 넘기다가 말할 수 없이 슬프고 먹먹한 가슴으로 책을 덮었다. 지금 내 곁에서 나를 사랑해 주는 존재들이 얼마나 소중한 것인지를 독자들에게도 깨우쳐 주고 싶었던 것일까?

번역하는 순간순간 참 행복하고 즐거운 시간이었다. 이 작품을 맡겨 주시고 이끌어 주신 분들께 감사드린다.

2016년 4월 주수련

기억을 잃은 소년

초판 1쇄 펴낸날 2016년 6월 8일
초판 9쇄 펴낸날 2022년 4월 20일

지은이 창신강
옮긴이 주수련
편집 한해숙, 신경아
디자인 최성수, 이이환
마케팅 박영준, 한지훈
온라인 마케팅 정보영, 박소현
경영지원 김효순

펴낸이 조은희
펴낸곳 주식회사 한솔수북
출판등록 제2013-000276호
주소 03996 서울시 마포구 월드컵로 96 영훈빌딩 5층
전화 02-2001-5822(편집) 02-2001-5828(영업)
전송 02-2060-0108
전자우편 isoobook@eduhansol.co.kr
블로그 blog.naver.com/hsoobook
페이스북 chaekdam
인스타그램 chaekdam

ISBN 979-11-7028-075-0 43820

 다른 내일을 만드는 상상